你看過波瀾萬丈的天空嗎？
我不但看過，更曾身處其中。

機器褓姆的飛行標記

夏嵐

Blamon

Characters

人物介紹

凱兒的靈魂伴侶兼未婚夫，萊因從小也是被機器人帶大，個性溫柔陽光，近乎優柔寡斷，擅長機船的駕駛，任職於物流公司。

聲音清甜宏亮的黑色長髮女主角，個性熱血果敢、愛恨分明，也是空中城市「霍瑪克」的優秀攝影師，與帶大自己的機褓姆「媽咪」有著深深的羈絆，與家中兩老的關係卻不太好，常為親子關係苦惱。

　　戰地記者桑楚，是萊因與凱兒高中時代的老朋友，對於邊境的戰爭與軍武知識都很有經驗。個性外熱內冷，雖然開朗陽光，卻也有陰沉的一面。

　　ＧＸ第二代的機褓姆，聲音慈藹睿智，與一般女性無異，從小用開明卻也無微不至的教育理念教導凱兒，經常帶著凱兒四處飛行，但在凱兒的少女時代因故障的緣故送廠報廢，正式退役。

你看過波瀾萬丈的天空嗎？

我不但看過，更曾身處其中。

深深地感受天空的每一吋鼻息。有時如狂暴的鯊魚般張口咬來，有時柔軟得像羽毛。

天空是一片無人之境，但飛行其中時、人類卻往往不害怕，反而有種掌控一切的優越感。

而我也是，或許性格扭曲了點，但我卻十分享受整片美景為自己所有的這種瞬間。

越是像我這種人的，越適合在空中航行也不一定。

Contents

一、遺物

每個世代都引以爲豪地背負著自己的名稱。

戰後嬰兒潮世代、泡沫世代、網路世代、電子物質世代，那些都是好久遠的故稱，卻感覺從未真正離去，從未真正放過我們。

一個又一個的人們，追著時間軸上的世代狂奔——戰後嬰兒潮世代、泡沫世代、電子物質世代，然後是我們——機褓姆世代。現今十四到二十九歲的年輕人都屬於這個世代。

擔任我們幼年褓姆的不是別人，正是機器人。起先是一連串可愛風格的金屬組合，再來轉變成吉祥物般的可親臉孔。

最後，則是人類的臉孔。

不過，我的「媽咪」還不算是真正擁有人臉的高科技機器人。她屬於第一種，原型機器人，GX二代。

幾何風格的方塊身體，圓玻璃似的眼睛與橢圓形的小嘴，身長的規格是一百七十五公分，那就是我的「媽咪」。

那個朝夕陪在我身邊，用所有的生命告訴我，我曾經是誰的那個人。

而您現在所讀的，是一個我與「媽咪」之間的故事。

*

爸爸過世了。這感覺非常不真實。

睽違五年後，我再度登上他的機船，整理遺物。

駕駛座前，大片舷窗透進整片天空的冷冽藍色，外頭飄著浮雲。今天的風不大，乘坐起來很舒適。雖然發動了引擎以保持機艙溫暖，機船卻停泊在住家的上空停機台。

如果可以的話，我也想開著機船隨處兜兜風，但現在實在不是個好時機。

「爸的機船上，怎麼這麼多我的東西啊……」抱著整理雜物的心情上船來，我望著自己散落在船艙置物箱、駕駛座、儀表板上的髮飾、舊鑰匙圈、一年半前穿過的針織外套發呆。當時的我，很喜歡鮮艷的東西，不管是桃紅、孔雀藍、或者招搖的寶石綠，都經常出現在紮著長長黑色髮辮的我身上。總是穿著短裙、腳踏咖啡色流蘇靴、喜愛肩揹小包的我，天生似乎就不怕寒冷，也討厭嬌小的自己身上穿戴太多東西。即使出勤去擔任影片攝影與採訪工作，光是頭髮上點綴一點民俗古風的大片羽毛，已經十分足夠。

「真是的，原來這項鍊丟在這裡啊！」看見精緻而充滿氣質的白色貝殼項鍊時，我粗魯地將它塞進自己帶上來的收納竹籃中。

抱著送行的心情，我也打算將這艘機船內、散落或者遺忘在各角落、屬於過去自己的物品，一一蓋進鐵盒中。

「現在室溫二十六度。」機船上的ＡＩ聲音回報道，我不耐煩地按了消音。五年前的機型，ＡＩ聲音聽起來有種尖酸刻薄的腔調，極度不自然。因爲我不喜歡爸爸的機船，在同學們紛紛給自家機船命名時，我對於這種活動卻興趣缺缺。

現在想想，爸的機船得該有一個名字。

窗外的風勢強勁，颼颼聲讓我有些不安。

不知道是否因爲我的左耳在六歲那年聾掉後，加裝電子義耳的關係，我對人類與機械的聲音、語調總是特別敏感。任何讓我討厭的聲音要是傳進電子耳內，會讓我如坐針氈。電子耳的外表與一般耳朵無異，每年也都進行性能升級……但，我對於任何不喜歡的聲音，總是反應很大。

就連和朋友去看表演時，我都謝絕搖滾樂的場合。只因我對電吉他與貝斯的聲音實在太過敏感。

「來做正事吧！」太久沒登上爸的機船，我開啓儀表板各項功能測試一切。機船內的室溫、濕度一切恰當，這艘機船雖然是五年前的機型，卻也是我住在父母家時的代步工具。

「好久沒回到這個空間了……」我飛快地在機船的資料庫面板上撥畫，叫出一團團的資料雲。雲朵以立體投影的方式躍在眼前，我盯著裡頭的影音檔，在一格格的預覽動畫中思考其中的關聯性。我看著預覽動畫，裡頭有個剪著黑色男孩短髮的小女生，就跟我小時候一模一樣。

「這應該……是我吧？」

面無表情，看起來既彆扭又不快樂，隻身站在家門前，因爲不願意與親戚朋友玩耍，眼旁還掛著不知道被誰給惹哭的淚痕。

性格真惡劣的小女孩啊！不管誰看到這張照片，都會這麼想的。

「唉！爸真是的，什麼照片不存，偏偏存這張。」我深深呼吸，移除了檔案。

機船的空調隨著引擎的運作，氣溫暖和了起來。整艘機船就像活生生的戰友般，和我一同在高空中的冷冽氣流中呼吸，而我也感覺得到它的脈動。說我不負責任也罷，是逃避也罷，我只是想利用現在這個靜謐的氣氛好好獨處罷了。

守靈夜的傳統，包含整理遺物這項例行公事。既然萊因已經在父親的房間裡整理起來了，那我也不能不做做正事，好好與這艘父親遺留下來的機船相處。

開著嘻哈音樂，我一面擺動黑色紗裙下的雙腳，一面整理船上的硬碟與雜物。藉由音樂，我想告訴自己，現在真的可以放鬆下來沒關係。

即使這是親生父親的機船，我還是可以放鬆下來。帶給我悲傷大於快樂的那個人，已經離世了，但我的心底卻有些地方空蕩蕩的。

音樂終了，耳邊響起了一個朝氣蓬勃的爽朗女聲，她是我的ＤＪ朋友，跟我上同所高中。那時她是廣播社的明日之星，人人都愛稱她女主播，而她卻總是愛跟不擅言詞、個性沉悶的我相處。

「唷！這裡是思海，歡迎收聽霍瑪克最閃亮的社區電台——霍瑪克之星。別忘了，在這首歌之後我們要開始接CALL IN囉！各位空中市民們，準備回報你們的飛況吧！」

此刻笑著播放節目的思海，大概也綁著跟我類似的長髮、配上簡單細緻的小髮辮，再於頭頂裝飾著羽毛髮箍吧？

這傢伙總是很愛模仿我的髮型，我們總是那麼相像。我彷彿可以看到她正待在電台錄音室中、專注也可愛的模樣。

「加油啊！思海。」我順手找到一把舊梳子，稍稍整理著自己如指節般粗細的辮子。照著鏡子時，髮尾沒精神地散在肩頭，微微捲曲，這種半長不短的髮型總是很難整理，卻可以中和我的娃娃臉印象，讓外人別老是把我當成孩子。

就在我端詳著鏡中那個疲累卻嚴肅的倒影時，機船看台後方似乎有什麼聲響。我望了一眼機船監視器的八個畫面，什麼也沒有，熱感應器或許也壞了，沒有反應。

在饒舌樂的碎拍之間，萊因從家裡打了通電話給我。

「怎麼了？」我問。「媽媽催我回去了嗎？」

「不是，我聽到一些很奇怪的聲音。」萊因擔憂地說：「在妳和妳爸爸房間好像有什麼東西被翻過了，地上亂成一團，我隨便看了一下，有幾頁是妳機祼姆寫的日記……」

「什麼？你確定嗎？也許是我媽去翻的吧？」我心不在焉地注視著監視器畫面，對於房裡有些什麼東西，我早就沒印象了，也不在乎。「總之，有什麼被偷走了嗎？」我假裝關心地問。

「我不知道，似乎是沒有什麼貴重的……親愛的，妳能先下來嗎？」萊因柔聲問道。萊因很紳士體貼，連提出一個簡單的要求時，都好聲好氣的。

「知道了。」放開安全帶，我關掉待機中的引擎，再將萊因留在座位的藍綠色羽絨外套披上。

初秋的霍瑪克山谷不是普通的冷，我邊打著哆嗦邊離開船塢，飛步走下金屬旋梯。

萊因對著我微笑，似乎讀出我的表情有些煩躁。其實他多慮了，我的一頭黑髮在風中揚散，我想他看不清楚我的心思才是。

「抱歉喔！凱兒，打斷妳整理東西，妳先進來看就知道了。」

「啊！真的太誇張了。到底是誰，這不都亂成一團了嗎？凱兒妳來看看！天啊！萊因呢？萊因！過來幫我扶住這個燈！凱兒！這是妳爸最愛的燈啊！」大老遠地，我的親生母親露露就大呼小叫。高分貝的碎碎唸，彷彿在提醒我她有多煩人。

離家工作已經兩年，她還是沒變。

「不要這樣叫！就算叫也無濟於事啊！」我加快腳步正要踏進小木屋的家門。

就在此時，上頭突然傳來一陣引擎的發動聲。

是爸的機船，有人在那艘機船裡面！

＊

上頭引擎的熱氣直壓下來，將我吹得髮絲飛散。

「凱兒！」萊因在暴風中吼道。「快下來這裡！」

我回過頭，往另一座金屬旋梯跑。

步伐飛躍在鐵梯之間，卻也趕不上了！爸爸的機船正在起飛，指示燈光線打在我身上，將我瞬間染成炫銀的顏色。

金髮的萊因抬頭往上看，壓著棒球帽抵抗暴風。我們只能眼睜睜地望著爸的機船駛出我們熟悉的船塢。

銀白色的船尾燈投到了遙遠的山壁上，緊接著襲來的，是一片駭人的漆黑。

萊因瞇起眼，轉身衝回屋前替我打開起降導引燈，將滿滿的黃光投到天頂，也照亮了我奔馳的身影。「凱兒……等等我載妳去追！」

「不用，我先自己去！你報警！」我縱身滑進緊急坡道中，一屁股坐進萊因的機船裡。

熟練地一一打開開關，我五秒內就衝離了金屬船塢，緊追著父親機船的軌跡而去。

萊因口鼻中吐出的紊亂氣息在夜色中成了一團團白煙，他回過頭，屋內的弔喪賓客們正驚魂未定地奔了出來。

我可以想像，母親露露正驚慌失措的抓著萊因，逼問發生什麼事。

萊因大概會搖搖頭，沉靜地將她與賓客請回屋內，沉靜地掩上門吧！他就是這麼沉穩可靠的傢伙。

因此，我可以毫無罣礙地朝夜空全速前進。

*

推動排檔桿，我轉眼間就將機船抬升到夜雲的高度。

「在霍瑪克山谷裡，民用機船的追蹤器不太管用。」我彷彿聽到耳畔傳來機械褓姆「媽咪」第一次教我開船時的叮嚀話語。

怎麼會突然想起這句話呢？

我抬高船首，雙腿踩住座椅底部，以免被離心力震傷。

船身打平，我藉著機船下腹的攝影鏡頭俯視山谷。

如迷宮般錯綜複雜的峽谷轉眼已經在腳下，只有機船的探照燈正微弱地閃爍著，目標的位置一眼就可看出。

「找到了！」我呼出一口氣，拉起安全帶便猛力垂直下降。

「一定會追上那艘船的，一定會把那艘船追回來！」萊因方才說的、潛入父親房間的賊，就坐在那艘機船裡。

爸的東西怎麼樣都無所謂，我曾經這麼以為，卻不知道方才的自己為何如此衝動……

也許我只是想要營救那艘被劫走的機船，那艘帶給我不少回憶的機船，即使經過了多次的修補，依舊健壯可靠，就像個忠實的老朋友。怎能輕易讓它駛離我的視線？

雖然駕駛的不是武裝機船，不過，用一般的民用機船進行跟蹤，對我來說依舊可行。

「我只要牢牢跟緊對方就可以了……」

啓動語音連結，我切換到思海的音樂廣播頻道。

「各位空中市民們，準備好飛況回報了嗎？我們來接電話吧！霍瑪克區的安全與和平得靠各位啦！」思海情緒高漲的戲劇化語句，隨著夜風一起穿進了機船的縫隙，我不禁莞爾。

「思海，哈囉！」

「哈囉！這不是我的姊妹凱兒嗎？妳正在飛哪裡？那裡狀況如何？」

「思海，我在霍瑪克的C區，靠近河谷南南西，剛剛經過巨神木，我爸的船剛剛被偷走了，我正在追竊船賊！」

「OK，凱兒！大家聽到了嗎？快來幫忙追壞人！」思海孩子氣地在廣播頻道中大喊。「壞人剛剛經過C區河谷南南西巨神木，開的是凱兒爸爸的船。」

「船號G零壹零貳。」我補充著。

「G零壹零貳！」思海高聲複述道。在下一首激昂的嘻哈歌曲淡入前，有個民眾使用通訊系統直接與電台連線。

「喂？我是C區居民雷斯利，我看到那艘船了。」一個中年男聲說。「它旁邊還飛了另一艘武裝船，看樣子是要保護它的。」

「咦！不就是一般的小偷嗎？竟然還有武裝船護衛！凱兒，妳小心點啊！」思海叮嚀道。

「好的，謝謝！」我點點頭，深夜的山嵐打在斑駁的擋風玻璃上，讓整艘機船嘎吱作響，我望著陽春的儀表板揣測船身狀態，大概不大妙。

要萊因的高齡機船一下飛得這麼高，或許是太苛刻了點。

機船震動了一下，噪音似乎小聲了點，大概是自己的心理作用。我下降了一些高度，跟著被竊走的銅紅色船身轉進峽谷陰影裡，前頭機船的白燈亮度似乎被刻意調暗了，但對方的速度還是不減。

爸的機船只有十年前的地形配置資料，敢在昏暗的山區裡高速飛行，對方大概對這個區域很熟。

「霍瑪克山城裡有這樣的飛船慣竊嗎？」我喃喃自語。

就在此時，我看見方才廣播裡聽眾提過的那艘武裝機船了，它的機型新穎，綠金接近萊姆綠色的船身外開啓了光學隱形罩，膠囊般的船身像是裹了一層膜，兩根砲管在晦暗的山區光影中若隱若現。

它並未開啓頭燈，看樣子船內部配置的資料庫很新，不需光線也能用雷達和大量資料庫即時比對感知周邊地形。

萊因打了電話過來。「凱兒，妳沒事吧？我已經報警了！我還告訴了……」萊因的聲音被雜訊所掩蓋。我分神地望了通訊視窗一眼，差點沒撞上山壁。

看著山岩的紋理一度逼近自己，我再次集中心神，全力朝蜿蜒山道中的機船光芒追過去。

我只想把爸的船搶回來，或者，好好記清楚敵船的細節。

忽然間，那艘武裝機船拐了個彎，直直朝我飛來。

「得先搶風！」我立刻降下船身，躲入風道裡。武裝機船立刻被自己製造出的紊亂氣流給打斷方向，往一旁退去。

「糟了……」我突然有些害怕，敵人現在追在自己身後了，就在我思考下一步時，一陣火光正竄過身邊的機船透明外罩。

我本能地操控機船往側邊閃，機船右翼撞上山壁，硬生生地發出了巨響。我的電子左耳一下子故障了，發出讓人頭疼欲裂的嘶嘶雜音。

咬緊牙關，我抓住動力方向盤想穩住機身。

整艘機船在空中翻了兩圈，就在我認清楚地平面的方向後，另一團火光再度擦過身邊。

我將嘴裡的血吐掉，立刻拔昇機頭，衝入風道內。山谷裡總是有這種大大小小的規律氣流，可以保護我不在第一時間被砲火襲擊。

等到後頭的武裝機船發出第三記攻擊時，我才發現對方並不是衝著我來的。對方真正想攻擊的是，風道最前頭，我爸的船！

「不！」我怒吼。

我的生父也曾在船裡如此吼過，當時年幼的我耳朵幾乎都要被吼聾了。還記得父親緊握方向盤的那雙粗糙大手，以及紅通通的怒容……

此時，前方爸爸的機船像是終於察覺到了危險，但它並未閃躲，而是直接熄火熄燈，用剩餘的動力滑入山壁陰影中。

光線一滅，肉眼幾乎無法辨識爸的機船了。我回過頭，只看到兩艘居民自衛隊的黃色武裝機船朝自己駛來，門板上頭還用斗大的油漆寫著「霍瑪克守望隊」。

我與機船的駕駛們對視，他們朝我打了一個問候手勢。方才那艘發動攻擊的船已經不見了。

我檢查了一下雷達，又用肉眼環視四周，卻什麼也看不見。

「警報解除，敵船在D區正南方狐尾風道中消失，無人傷亡。」三十秒後，思海在社區廣播頻道中說道。

尚未放棄的我，仍在附近山區低速飛行著，打開探照燈掃射著山壁縫隙。

「那個偷走父親機船的小毛賊，到底去哪了？」我感覺一陣空虛。兩艘社區武裝機船也陪著我找，直到警方找到我。

黎明將至，灰藍的天空像是掀起了一層層漣漪，而清淡的魚肚白混雜其中。我關掉機船動力，在山壁上進行橫向下錨，機船漂浮在風道側邊裡，偶爾隨風顛簸幾下。

「爲什麼這麼難受……」我大口呼吸著空氣，以免自己喘不過氣。爸的機船被偷走了，到底是誰做的？

它就這麼在我的掌控中消失，連帶地，我尚未整理好、備份完的那些實體的物品、虛擬的回憶，也像是我心臟的某部份，活生生被人掏出胸口般……疼痛難耐。

二、遭竊的機船

晨曦即將竄出山頭，在不知不覺之際，原本詭譎的夜雲也轉變為溫柔的藍紫色。這種率直、低調卻也美麗的顏色，讓我想到金髮的萊因，與他眼底那一泓天空般的藍。

隨著斜前方警笛聲的響起，一艘嶄新的銀黑色警備船朝著我駛來。警民頻道也在一瞬間接通了。「這裡是空警第四分隊，G零壹零貳，請問駕駛者是凱兒・維亞嗎？我是拜爾警長。」

拜爾警長是附近出了名、可靠英勇的警長。高碩灰髮的他，有著厚實有力的聲音。聽到拜爾警長親自出動，我感到稍微安心了點。

「對，我就是。謝謝你們來。」我伸手調著頻道的音量。「我正準備把船拖回去，等等就走。」

「凱兒，接到報案後，我也接了妳的男友萊因過來！等等我們會去附近巡邏，你們回家後，我們再到府上拜訪，聽取案情。」

拜爾警長說完，從警用機船放出機械手臂。萊因一臉嚴肅，從臨時組裝成的空中便道進入機船，他單薄的身形在黎明將至的風中微微顫抖。

我臉上掛起疲倦的笑意，伸手扶他進來。

「你怎麼不穿件外套？」

「來不及啊！」萊因苦笑地說。「妳還好嗎？」

「還好啊！我很好啦！」我笑著，說了萊因最討厭聽到的答案，他因此皺了皺眉。

「我只是有點失落而已……」

「嗯！畢竟妳跟爸爸的機船，也有那麼一點感情了吧！」

對，我對爸沒有太多的感情，但對那艘機船，卻有無比深厚的情感，畢竟從小到大，我都乘著它進行一切日常活動。

「謝謝你來陪我。」我對萊因露出敞開心扉的一笑。

空中出現了警方派來的動力導引船，要將動力受損的飛船拖曳回家。我與萊因坐在駕駛座上，邊綁起安全帶，邊忍受著前頭這艘沉重拖船的粗魯動作。

「我媽現在應該氣死了。一想到她的嘮叨，我就頭痛。」

「我會安撫她的。她沒事的，親戚都在陪她，我已經報過平安了。」萊因拉起黑色連帽外套的帽子，淺淺笑著。

我倆瑟縮在機船裡，萊因坐上駕駛座，隔著視窗觀看外頭的風景，我也有默契地望著同一個方向。晨曦替灰暗的山谷染上了新色，當光線填入溝壑的陰影時，它們的線條看起來比夜晚還要詭譎而險惡。

藍銀色的天光，在機船的天窗上留下了鑽石般的光澤。

我們抬頭往上望時，整個天空都正閃亮著，雲絮間也彷彿流動著白晃晃的波光。

天，真的亮了。

「我想……我聽到她的聲音，彷彿在耳邊提醒我似的，要我搶風之類的……」我說著，將眼神放得很遠。

「誰？妳的機器人媽咪？」

我點點頭，笑了。他總能從我的語氣中猜出端倪，當我說「媽咪」時，指的就是那個萊姆綠的機器人，而當我說「父親」、「媽媽」時，就是在說親生父母。

大概是因爲我提起機器人時的神情總特別開心，這樣的開心真誠而稚氣，總能夠輕易地感染萊因。凝視著我倆的舷窗倒影時，我圓潤的側臉線條正在淺笑著，黑色雙眸也笑成一雙彎月。

「媽咪它對妳說什麼了？」萊因笑著問。

「媽咪的聲音，幾乎和我的思緒融爲一體。」我轉過頭望著萊因。「就好像，就好像它真的在我身邊。」

我忍住不去想，當政府將媽咪回收時，已經將它送到機械的報廢工廠壓碎成一個金屬塊，丟到機器人的墳墓去……

爲什麼我還聽得到她的聲音？

這件事發生在我十二歲、親生爸媽都決定我不再需要褓姆時。當時，保險理賠員也請來技師分析出媽咪不堪使用的狀況，認爲它該退休了。

「唉！我不要再回想了……再想，媽咪也不會回來啊！」在這種父親過世、機船失竊、嘮叨的母親等著我回家的時刻，媽咪的離去，是我最不該去思考的事了。

「它一定在某個地方默默守護著妳喔！雖然，是機器人……但我想，人類與機器人的距離，並沒有這麼遙遠吧！」萊因柔聲的說。我彎起眼笑著，伸手回握他。

機器人沒有靈魂，也不可能在死後上天堂，當然也不可能守護還活著的我。明知是癡人說夢，萊因這種天真樂觀的語氣，卻總能輕易地觸動我的心。

我對他淺淺一笑，真誠地用感激的神情注視著他。「我就是喜歡萊因這樣……總是站在我這邊。」

「別說了，我會臉紅啦！」萊因彎起蔚藍的眼睛，耳根還真的紅了那麼一些。

機船在拖曳船的引導下，繼續朝老家的方向前進。

斑駁的晨曦輕易地穿越了這艘老機船的擋風玻璃，來到幾近凝滯的艙內時空中。黎明的風雨漸減，太陽雨灑遍山谷，將山壁兩旁的金屬船屋都照得璀璨而脫俗，綠色植物沿著山岩生長蔓延，覆蓋在或銀或金的屋頂上。

這是一片不需地面的住宅區，人們生活在山壁小屋或金屬船身中，也各自用私人的機船來接駁通勤、輸送物資。

黎明的光線將一切都給映照出來——我的老家是一片長形的三層貨櫃屋，分別堆砌在巨岩與樹藤之間的隙縫中，那片銅色的大屋頂，如今掛上了喪家使用的巨型黑幡。

一如巨鷹般，黑幡在山嵐中振舞。機船則在拖曳船的幫助下，平順地隨著風道，滑入由金屬與木料建成的大宅前庭。

門前，擠滿了二三十位中老年齡的弔喪客，大多是我的親戚長輩，也有父親的老朋友們。

「對不起，讓各位擔心了！我們已經報案了，多謝霍瑪克警方與守望隊幫助凱兒，我們都沒事！」萊因單手掀開艙蓋，說完面面俱到的一席話後，伸手牽我走下懸梯。當我嬌小的身軀擠進人群時，他伸手護住我的肩頭。

「所以咧？到底是誰把飛船偷走啊？」鄉親父老們追問著。

「這部份還不曉得，晚點警方來我們宅第拜訪時，會再說明的。」我不想把問題都丟給萊因回答，也擠出微笑高聲說道。

母親露露前來擁抱我。母女之間沒有交換言語，下一個弔喪客便來到我們跟前。

萊因放開了搭在我肩上的手。

對方是個英挺俊朗的褐髮青年，雙手戴著黑色皮質手套。他開朗的淺麥色臉孔蓄著短短的鬍鬚，身上穿著軍綠大衣，襯托出他高大的身材。

就在我背對著他，假裝沒有看到對方時，萊因與他交換了一個擁抱。

「凱兒，桑楚來了。」萊因揚起臉上的笑容，將我的肩頭轉過來。

我露出有些尷尬的笑容，高大的桑楚用單臂環住我，因為下巴蓄著落腮鬍的關係，同齡的他看起來比我和萊因大上好幾歲。

「聽到妳爸過世的消息，我最擔心的就是妳。」桑楚有些滄桑落魄的外表下，言語依舊圓滑細膩。他另一隻手臂也將萊因給拉了過來，我們三人無聲地擁抱著，任憑身後的山嵐在身體的間隙鑽動。

「你什麼時候來的？」萊因問。

「半夜就來了，結果沒見到凱兒，也沒見到你，聽說你們去追凱兒爸爸的機船了。」桑楚刻意將左手藏深灰色軍裝外套下的動作，有些奇怪。

「欸！桑楚啊！」就在我正默默打量時，率直的萊因已經發問了。「你手受傷了喔？」

「扭到而已。」他沉了沉線條剛烈的臉，有些尷尬地說。

「怎麼會這樣？」萊因忍住笑。「該不會又跟人動刀動槍了吧？」

「哪有啊！現在邊境在戰爭，政府對軍武管制得那麼嚴格！」桑楚渾厚地笑出聲。「昨晚，就在來這裡的路上，有個不開頭燈的冒失鬼從後面撞了我一下。根本沒看清他是誰，艇上的反重力裝置就短路了，我整個人差點被活生生拋出去，我心愛的菲利浦也被刮傷了！」說到寶貝的機船受損，桑楚整個臉活像吞了苦藥。

萊因與我交換了一個眼神，我轉而望著桑楚的眼眸，想知道他是否在胡謅。

「昨天從這裡到C區的路上，有一艘沒開燈的武裝機船，和另一艘被劫走的我爸爸的船。」我說：「你大概是碰到其中一艘了。」

萊因打量了桑楚的側臉一眼，又望向他停在屋頂那艘英姿煥發的飛艇。

桑楚開的是性能高檔、飛上外太空也不成問題的輕武裝飛艇「菲利浦」，要被一艘普普通通的機船輕易地就毀掉反重力裝置，恐怕有點困難。

「算了，別在意。」萊因瞇起眼笑著，拍了拍桑楚那厚實的肩頭。「還好只是扭傷，船的事情等等找工匠幫你修一下。」

進屋後，我遞了杯薑茶給桑楚。白皙柔和的萊因，與蓄著落腮鬍的桑楚並肩而坐，輕聲笑語家常。

「別忙著跟妳朋友鬼混！也去跟你爸那裡的長輩打聲招呼，別讓我抬不起頭！」母親又對我抱怨了幾句，但我隨口附和完，便打發她去睡了。

畢竟，母親也擔心父親的機船，整晚都在等我們的消息，應該很疲憊了。

「以前，你們也常常一起來我家耶！」我回想起剛高中畢業時，桑楚、萊因與我，總是三個人一起行動。

但自從桑楚成了戰地記者後，我開始有些害怕他，言談中也對於他的奸巧、油滑、世故，感到難以應對。

「哦！以前我總是不敢空手來凱兒家呢！畢竟每次一來，總是被留下來吃晚餐！」桑楚說：「但若我買了太多件手禮，又怕凱兒爸媽以為我要拆散你們的感情！真是為難啊！」

「哪有這麼嚴重！」萊因反駁道。

大概是回想起了青澀的回憶，大男孩們也衝著我笑了起來，桑楚雖笑得爽朗，但客套成份居多，萊因的目光閃漾著暖意，但看起來似乎有些疲憊。

「對了，你現在仍在跑戰地新聞嗎？」萊因問桑楚。

「哪能那麼好康，老是有新聞跑？戰爭真的快結束了。」

萊因與我聆聽著，彷彿戰爭是一件遙遠的事。桑楚說了一些戰地的舊聞，還將腳踝上的傷疤秀給我們看。

桑楚將身子在沙發攤平，稍稍打量了房間幾眼。高聳的天花板上同時懸掛著鋼骨、木樑與招好運的鷹羽，房內的木板地披掛著白狼毛皮。我蒐集來的報廢家用型機器人攝影海報，則直挺挺地貼在房內的一角。

「這裡跟我上次來的時候差滿多的。」桑楚指著海報問。「那是妳媽咪嗎？」

「不是，那是跟她媽咪同期的GX系列家事機器人。」萊因代我答著。「凱兒的媽咪是萊姆綠色，已經停產很久，想蒐集也難了。這張海報是凱兒的好朋友思海好不容易蒐集來送她的。」

「哦！說到萊姆綠啊！就跟你的飛艇菲利浦顏色一樣。」

「對啊！我新烤的漆。」萊因看向窗外。

我已興致勃勃地起身走出屋外。

外頭，太陽光很溫暖，我的黑色雪紡紗裙在風中飛舞。金屬塔停機坪成放射狀，在屋頂閃閃發光，遠看就像是男孩們的玩具陳列架。

訪客們的機船與飛艇，都停在上方。

最上頭停著桑楚的萊姆綠飛艇菲利浦，新穎科技打造的流線型修長機艇，與其他渾圓老舊、由木板與廉價金屬所拼裝成的機船形成強烈對比。

「我想看看菲利浦，順便幫你瞧瞧昨晚反重力裝置的問題是大是小。」我的雙腿已往看台上走去。

「不用麻煩了，等等我找工匠幫忙看一下，就知道問題出在哪了。」

桑楚的豪邁喊聲，在山谷間化成了飄渺的回音。

金黃的晨光籠罩著整座峽谷，而我正穿越那道光芒，乘著吵鬧不已的滾軸鐵梯直直往上。

「萊因啊！你還真的一點都看不住她耶！」我聽到後頭傳來桑楚的笑聲。

「不需要看住她啊！」萊因瀟灑地回答。「她知道自己在做什麼。」

笑語之間，大男孩們一前一後地追上我。

看來桑楚應該沒說謊。美麗的飛艇側邊因昨夜的不明撞擊而凹陷了一些，艇身微微左傾著，就像頭負傷的巨龍。

伸出小巧的手掌，我摸索著菲利浦那受損的萊姆綠烤漆鈦金屬殼。我將電子左耳貼近機殼，裡頭有些不明的回聲，像是水的漣漪般，弄得耳朵癢癢的。

「我幫妳開艙門吧？萊因也進來。」桑楚將指紋貼到遙控裝置的面板上，飛利浦也立即有了回應，露出了金屬色的機門。

我迫不及待地坐到駕駛座上，手指在控制鍵之間游移，三兩下就啓動了飛艇。螢光色的絢爛提示燈一盞盞地亮起，我興奮地笑了。

「咦！妳不可能開過這種武裝飛艇吧！爲什麼妳會操作？」桑楚誇張地叫著。

「機器就是喜歡她。」萊因篤定地答著。

「沒錯，機器就是喜歡我。」我用滿足的小女孩笑容回答。「桑楚，你說的反重力裝置設定，在設定清單的哪裡？」

「其實我昨天晚上就檢查過軟體的部份囉！沒什麼問題啊！」桑楚湊近儀表板，打開系統的分頁視窗。「我覺得可能是我修好了硬體，但軟體卻讀不到正確的資訊，所以，還是無法使用。」

「凱兒對這種鬼打牆的故障最有辦法了。」萊因認真地注視著桑楚的側臉。

「天生好運。」桑楚下了個結論。

我沒再留心他們的對話，只是用指尖在面板上點畫著。我耳垂上的金色羽毛耳環，也跟著引擎一齊顫動。

邊找尋著飛艇內的反重力設定，我邊把功能都重新設定過一次，先點了「停用」，再按「啓用」。

「凱兒都是憑直覺操作，如果是軟體的問題，多半在這步驟就能解決囉！」望著萊因極力幫我解釋的側臉，我不禁笑了。他總是那麼認真，我喜歡他這樣。

機器們也是非常認真的，飛艇當然也是。這些機械們總是非常地精準而認真，只要一按下啓動鍵，機體內的各個部位都會嚴陣以待。

船真的是非常神奇的東西，它們承載了人類的歡愉與安全，也承載了各種情感，就像我和老爸，我和萊因，還有，我和機船之間的關係一樣。這些回憶總是一言難盡的，所以我想要記憶住每個細節——我和媽咪是如何穿越暴風流、飛行過哪些地方，我和萊因又是如何在山嵐的震顫中冒險……這些細節，我全都想要記住。

我相信機器一定也記得住，它們一定比人類還要能精確地記下許多細節。就像這艘絢爛的飛艇菲利浦，也總是守護著桑楚，帶領他闖蕩各個戰場、即時送回戰地新聞一樣。

我聽到後艙傳來一聲微弱的震顫，一種風扇運作聲，大概是我聽錯了，電子左耳有時候總是特別敏感……

不過，此刻萊因和桑楚卻帶著興奮的神情望向擋風玻璃上的視窗。

「反重力裝置在動了！」桑楚大叫。「爲什麼？妳怎麼做到的？」

「就只是看了一下設定。」我對他笑笑。

此時，電子左耳又出現了一陣細碎的低音。「凱凱。」

「嗯？」我轉過頭看著萊因與阿桑。他們背對著我，正興奮地跑往後艙。

耳邊的那聲呼喚又來了。「凱凱。」它再度出聲。我壓著左耳，努力地想弄懂這到底是怎麼一回事。

這是一個陌生的音色，語調卻很熟悉。我掩住耳朵，在駕駛座上彎起了身子。

三、不存在的都市傳說

這是我七歲時的一段記憶。那幾年，我好喜歡和媽咪一起飛。金屬的手指緊緊抓著方向盤，偶爾伸向排檔桿，再握握我那圓呼呼的手臂，聽聽我童稚的驚呼聲。

「這裡是山谷，那裡是風口，等夏天的季風穿越這裡，再來一次短程飛行吧！下次一定可以讀懂大海的顏色。」媽咪哼著童謠的調子，機械化的音階有些失準。

我也陪著它一同歌唱。

蔚藍的大海，就像它的眼珠顏色。而它之所以有這樣的眼睛，要歸功於科學家與幼教學者們的不斷實驗。這些專家們說，學齡前的女童最喜歡這樣的眼睛顏色。

機船後艙的擋風玻璃緩緩地掀了起來，氣流灌進機體，而我咯咯地笑了起來，墨黑色的短髮在風中撩飛。
我伸手握住它的手。
「媽咪，再轉彎一次！」我尖聲大叫著。「再一次！再一次！」
它柔柔地偏轉方向盤。
如果媽咪能準確表達微笑的話，它會希望能夠笑得像我一樣，不過此時，它只能僵硬地、稍稍地闔起那雙藍色眼燈。
我高舉雙臂，興奮地在風中尖叫，在機船穿越雲層的水汽時，我與它相視而笑。
它總是逗得我很開心，就連在平靜而無聊的屋裡，它都能讓我常保微笑。它會到處藏寶，而我就搖搖晃晃地到處去找出那些寶物。
我從那時就感覺得出來，這世界裡藏有很多祕密，而媽咪似乎知道一切。
直到某天，我真正的人類父親暴怒地阻止我們，不准我們私底下再溜出去飛行。父親將媽咪狠狠地推向牆角，而我也隨之跌在它冷硬的金屬身體上。
媽咪爬起來護著我，在我幾近崩潰的童稚哭聲中，它依舊冷靜地眨動藍色雙眼。

＊

思緒回到當下，我聽見萊因與桑楚的對話。

「墨菲定律你知道吧？『凡是可能出錯的事，一定會出錯。』」萊因在後艙裡說著。

在那有如砲管般巨大的反重力裝置下，桑楚滿臉雀躍地爬了出來。「可是太扯了，我之前就聽你說過，凱兒總是可以莫名其妙地就修好東西。」

「其實那不是修，她只是摸摸它們，一臉在想事情的樣子……」萊因苦笑著。

「喂！」桑楚急切地打斷了他。「在邊境的難民營裡，曾經有一個奇怪的老頭潛入停機坪，他只要用手摸摸我們的軍機，第二天總是會有一堆小小的故障。這些故障不至於死人，所以我們都覺得，他只是想嚇嚇我們。」桑楚壓低了聲調。

「可是你知道嗎？萊因，的確有一種人是可以跟機器溝通的，我們叫這種人……」

「嗯！我知道。」萊因咬住牙，表情一下緊繃了起來。桑楚只顧著亢奮，根本沒看懂他的情緒。

「對對對，沒錯，你也知道吧？我在想，凱兒或許就是那種……」

「不要說了。」萊因深深呼吸，伸手搭在桑楚肩上，對他露出了一個壓抑的淺笑。「我知道你要說什麼。拜託，不要說了。」

「好吧！兄弟。」桑楚挺起胸膛，拍了拍萊因的肩。

對於出身機械褓姆世代的我們來說，我、萊因、桑楚全都由機械褓姆撫養長大。但在現今這個充滿戰亂、貧富不均的年代，分不出「人」與「機」的界線，卻是件嚴重的事情。認爲機器會有感情、會有記憶，或者將機器當作人看，這些一向都是社會上的禁忌話題。

特別在這種傳統長輩出沒的奔喪場合，萊因要桑楚別說下去，大概也是這個原因吧！若桑楚再這樣沒神經下去，我的父親或許會從棺木中氣得爬起來教訓我們。

「唉！好煩。」我嘆了口氣。

對於桑楚原本想稱呼我是個怎麼樣的人，我也非常清楚。

他想稱我爲「讀機人」——能讀懂機器感情、甚至能跟機器溝通的人。

但，這世界上真有這種人嗎？或者，這又是一則讓長輩懼怕不已、政客極力否認打壓的都市傳說罷了？

我自己也不知道，該相信哪一方。

大概是看到我惆悵無奈的表情，桑楚連忙堆出滿臉的笑意，轉移了話題。

「話說回來，凱兒，妳幫我修好了船，應該請妳吃大餐才是！想吃什麼啊？」

「笨蛋，什麼大餐啊！凱兒未來還要守喪一星期呢！」萊因叫道。

「那我從餐廳外帶回來也不行嗎？」

「不行！」萊因搖頭。「守喪又不是在玩遊戲！」

「哈哈哈哈！你那麼認真幹嘛？」

「你才是咧！在邊境難民營沒吃到什麼營養，所以才變笨回來嗎？」兩人激烈的拌完嘴，就逕自哈哈大笑起來，他們從以前唸書時就是這副模樣。

「我還真希望守喪快點結束呢！」桑楚用懶洋洋的語調伸著懶腰繼續說著：

「也希望機船被竊事件的兇手，趕快找到。」

「兇手？」這用詞讓我猛然一驚。「你剛說……『兇手』嗎？沒有人因爲機船被竊而遭殺害，應該不算有兇手吧！」

「『兇手』這詞真的怪怪的。」萊因也幫腔道，還苦笑地說：「桑楚，你的意思應該是犯人吧？當記者的人，講話還這麼隨性啊！」

「哈哈！對啦！是『犯人』！『犯人』啦！」桑楚有些慌張地安撫我們，或許是我和萊因認真起來的臉太恐怖了。

他心底或許在想：「久久見一次面，爲什麼連說個話都不順呢？」

我們三個，跟高中那時的確不同了，這種連講起來話來都有些芥蒂的感覺，讓我不太舒服。

母親露露又把我拉到一旁，怪我怎麼不幫忙收拾早餐的碗，又唸我昨晚洗完澡之後沒有關燈，她睡不著只好又起床幫我關等等……

「妳這種態度到底怎麼嫁人啊？真的會有人想娶妳嗎？守喪期間還和兩個男孩子玩在一起！他們不會娶妳的啦！不要正事不做、成天幻想！」母親又開始說氣話了，從小到大總是如此。對於母親的碎碎唸外加道德批判，我想充耳不聞，心情卻不可能不受影響……

唉！這個家真讓人不自在。也因此，當思海傳簡訊約我去她的廣播電台來場空中聊天時，我飛快地回簡訊答應。

「幾點？幾號錄音室？我今天都可以！」

＊

以ＤＪ、主持人身份任職於「霍瑪克之星」電台的思海，和我也是同班同學。上課時思海總是坐在我後方，淘氣又多話的她常常主動找我講話，害我們倆每每都被老師叫起來罰站。同學都說，思海與凱兒就像教室後面的假人一樣，常常都處於被處罰的狀態。

但我甘之如飴。高中時，我與思海聊的話題帶給我很大的精神鼓勵。畢竟求學生活實在苦悶，家裡兩老又對我的成績要求嚴格，常和我爲了未來的規劃而吵架。

後來，我選擇自己一向最愛的領域——攝影，開始了自由工作者的動態與靜態攝影之路。霍瑪克跟這片土地上的其他千百個山城都一樣，在從小不斷吸收技職教育、培養「多技」之長的情況下，高中學歷就十分夠用了。追求更高學歷的人，通常都會到大都會繼續求學、在他鄉就職。

貧富極度不均、人口高齡化、土地資源不足，買不起土地的人們就在山壁上鑿洞蓋屋，形成垂直聚落的瑰麗奇景，這也是爲什麼城市來的觀光客總愛對我們的山壁城市瘋狂拍照的原因。

「妳知道嗎?那個剛走紅的女星碧安卡，最近要來霍瑪克拍4D偶像劇，這是我們的家鄉首次要以4D的方式，呈現在家家戶戶的擬真放映機上喔！」雖然在傳播領域工作，但思海是個以家鄉爲榮的單純霍瑪克女孩，一見到我就拉著我說時事。

今天的她沒綁丸子髮髻，頭髮像我一樣都放了下來，髮梢紮成民俗風格小辮，頭頂髮根處則插上我們傳統文化中愛用的大片羽飾，象徵未婚女子清純俏麗的一面。

「笑一個！」思海把頭湊到我耳邊，舉起手機微笑地按下快門。這張自拍照中，戴著孔雀藍髮羽的我與戴著黑色羽毛的思海，看起來就像一對姊妹。

「感謝妳把我找出來，不然我還得在那個家裡面悶兩星期呢！守喪期間除了工作都不能隨便出門，根本找不到藉口出來啊！畢竟客戶也都知道我父親過世，暫時沒人找我拍照。」霍瑪克人很懂人情世故，但往往也是這點，造成我們年輕一輩許多壓力。

「凱兒，我才要謝謝妳來陪我聊天咧！這年頭城裡都快沒年輕人了，要找人聊一些青春一點的時事，或做一些給本地青少年聽的教育職場訪談節目，也都常常找不到人。來來，往這邊。我們先到沙發區坐一坐，反正我的節目還有十分鐘才開始。」思海興奮地勾住我，領我走進布滿木造錄音室的簡單長廊建築中。當然，這棟建築也跟大多數霍瑪克的屋子一樣，蓋在山壁上，往下一望，就是深邃的峽谷，甚至可以在多霧的日子看見棉花糖般的雲氣。

「妳家還好吧？」思海問。

「還是老樣子，回去吃一兩餐還覺得媽媽的料理很棒，但待超過二十四小時幸福感就漸漸消失，取而代之的，是媽媽對我人生的無盡批判與碎碎唸。」

「哈哈哈哈！誰家的媽媽不是這樣？」

「『媽咪』就不是啊！」我脫口而出。一激動就說起童年時代的機器人褓姆，讓我感到有些不好意思，但只要是同樣出身於機褓姆時代的親近朋友，也多少能理解。

「唉呀！真的……爲什麼人類媽媽老愛講些對小孩自信沒幫助的批評？說了也沒用，還是一直要說……」思海用力地點著頭，讓我嘴邊揚起認同的微笑。

「對啊！印象中，我媽媽很少稱讚我，總是批評、批評再批評。」

「我媽媽是還好，她怕被機器人取代，所以關於育兒和家中雜務之類的事，在我五歲後她就都自己來了！」思海說。從她的家庭背景，不難聯想到她之所以能充滿自信地談話，主要是因爲從人類母親那裡得到很多關愛的緣故。

左耳的電子耳，嗡嗡作響得像是耳鳴。我扶住頭部，忍住不去回憶童年的那一個意外……

「凱凱，沒事吧？上節目之前，要不要喝杯咖啡？」思海以爲我頭痛，但我只是笑笑。

「沒事沒事！今天能出來走走，很開心呢！」

「應該沒告訴媽媽，要用廣播收聽這節目吧？」

「才不要告訴她呢！哎唷！光是妳這樣一問，就讓我胃痛啦！」我慘叫，思海哈哈大笑。

我們在思海的錄音室中落腳。舒適的躺椅座位上，擺著負責控制音效與廣播狀況的觸控桌，幾乎佔據了房間的一半；ＡＩ機械人的立體投影，浮現在觸控桌上，一旁的實體機械手臂伸來微小的麥克風感應器，準備接收我們的談話聲。

「嘿！各位霍瑪克的大朋友小朋友，大家好！我是你們最甜美的霍瑪克之星思海！」思海很快地就用流暢的口條，將我的存在引導到觀眾耳畔。

「今天的『職業萬花筒』單元呢！我們請到了擔任攝影、剪接的影像工作者，凱兒，來跟各位大小朋友聊聊！她也是我的高中同學。我們都在傳播領域工作，我做聲音，她做影像，轉眼彼此也出社會七八年啦！凱兒，妳對目前的工作想法如何？」

「我很喜歡現在的工作，可以到處遊歷，不必悶在同個地方進行日復一日的工作。不過，我也很喜歡回到我家中工作室，戴起眼動儀、進行影片剪接的每一刻。」我描述著自己的工作。聽這個節目的觀眾有老也有少，如何用最簡單的文字說明自己的工作，十分重要。

「我聽說大城市的高階剪接室中，可以由機器全自動洗出藝術照片並套用設定好的模式剪接影片。」思海繼續引導我，聰慧的雙眸在睫毛下眨啊眨的。

「是的，沒錯！機器做比較好，還是人類做比較好，這問題就像大家多年來常吵的『孩子給機器褓姆帶好，或者由人類媽媽帶好』是一樣的，見仁見智，也各有利弊。但我得說，人類還是需要機器，像我的剪接機、各種攝影時需要的軟硬程式、智慧機器，都是一種很好的輔助，都讓我的工作更輕鬆有效率。有時候當我邊剪輯影片邊配樂，沉浸在影片的情緒中時，甚至會覺得人機合而為一，誰做什麼不再重要，看著能帶給自己感動的影片逐步完成，那才是最真實的！」

「說得真好！」思海給我一個滿滿的笑容。我望了一眼錄音室窗玻璃反射出的自我倒影，裡頭的我談到人機合作的那一刻時，笑得很真誠。

這模樣，真和在家裡與媽媽相處守喪時的死氣沉沉，有天壤之別啊！

「接下來要接ＣＡＬＬ　ＩＮ電話了，觀眾朋友歡迎打進來，別讓我們兩個美女無聊喔！」思海輕浮地說完，眼睛一瞄，旁邊的智慧機械助理導播就直接隨機播出歌曲，當然，是以思海的選歌品味去做的。

我們這個時代，去區分人與機之間的差異，已經沒有太大意義了。戰爭爆發後，政府十多年來都不再開發除了交通工具以外的更高能智慧機械，導致許多像我們霍瑪克山城居民因爲貧富不均，只能靠老機械過活。不少家庭主婦也只能用用舊式的家事機器人，或者靠自己的能力省錢帶孩子。

但我們，還是與各式各樣的機器住在一起。

也許這種合作方式，會持續到永遠吧！

錄音室中的歌曲充滿上個世紀的輕佻電子節拍，卻又加上了幾個刺激的電吉他伴奏，似乎又要耳鳴了……我不自覺深呼吸起來。

「凱凱。」電子左耳忽然又出現了這樣的呼喚。陌生的聲線，熟悉的語調。

「又是上次那個……」我直覺對方可能是媽咪，雖然那根本不可能。

就如同上次萊因提醒我的，媽咪早已報廢銷毀了。

心好痛。想到曾經朝夕陪伴我度過童年的伴侶，就如此以不人道的廢棄物處理方式消失在這世界上，再也不存在了……

「真是首好歌呢！」思海明快地對著小巧如豆粒的白色麥克風說，手邊按出懸浮視窗，觀看機械AI助理整理的CALL IN清單。

「哇！線上已經有許多聽眾朋友打來囉！我們來聽聽大家對凱兒有什麼問題。」思海按下接通鍵。「嗨！你好！」

「你好，我是住在魁斯的小麥。」小男孩聽眾自我介紹道。「我想問凱兒，至今是否有拍攝過什麼難忘的工作內容呢？」

「如果不是商業機密的話，凱兒應該可以告訴你喔！」思海打趣道。

「嗯……」我偏著頭想了一下。「至今拍攝過最難忘的內容……應該是婚禮吧！婚禮上經常有長輩哭得讓人心疼、忍不住讓人想替新娘新郎未來的生活加油。」我盡量無視著耳鳴噪音回答。

「妳們好。」下一位聽眾的聲音傳了進來，聽起來是個嚴肅呆板的中年男子。「我是住在北霍瑪克的老喬，我對於方才凱兒說的『人機合一』理論感到很有興趣。」

「那不是個理論啦！」我微笑地打斷。「只是說說我自己的經驗而已。」

「可以再描述清楚一點嗎？我真的很想知道！」

「好啊！」我不加思索地回答。「在剪接室中，我有兩個機械助理，分別是攝影剪接AI與照片後製AI。雖然它們的型號跟霍瑪克居民普遍使用的一樣，是好幾年前的老機型，但是它們往往會揀選我在拍攝時就已特別喜歡的片段給我，不需要我做任何智慧型影片標記，彷彿心靈相通一樣。我多半是戴著眼動儀一一檢視所有錄影的片段，在控制光幕上滑動雙手操作剪接，剪接時，我完全不覺得自己在工作，就像與隊友在場上打球般很快樂，彼此團結合作、合而為一，又不需言語！」我越說越起勁，思海望了望控制桌上方浮動的時間視窗，要我長話短說。

「不需言語？合而為一？」名為老喬的聽眾似乎也對我說的話極感興趣，繼續追問：「那妳的意思是……感受到機器與自己溝通？」

思海忽然朝我搖著頭，做手勢要我打住。

「對。」對著全國的線上聽眾，我坦率地承認道：「我感受到機器和我之間能彼此溝通。」

「我還以爲『讀機人』這種人不存在呢……」聽眾老喬驚呼道。

看見思海焦急的表情，我這才意識到，自己剛剛碰觸了一個社會上極具爭議性的議題。

我應該，不會給思海帶來什麼麻煩吧……

四、自由時光

「凱兒，此刻的妳正在睡著。凌晨五點的晨光透進來，在連續說了三個小時的故事、泡了兩杯草莓牛奶給妳後，妳終於睡著了。

這是第一次看到妳這麼難過。昨天陪著妳去農場看剛會走路的小雞，問妳是不是想把小雞抓在掌心裡摸摸牠，妳說好。

但因爲小雞在妳掌中踢著細細的小腳，妳一癢一怕就失手讓牠墜下地板，也將牠的腿摔斷了。

即使農場的伯伯已安慰嚎啕大哭的妳說沒事了，即使媽咪向妳道歉說『這都是我未先提醒妳、是我的不對』，但妳卻十分自責，說要將斷腿的小雞帶回家照顧。

回家後，我們在木箱中放了小雞的專用飼料、水、草屑做成的窩，用烘暖燈照著小雞。

但一天一夜後，牠仍過世了。

今天一整天，妳一想到這件事就眼淚不斷地掉。妳說：『往後我還會因爲這件事情難過一輩子！一想到小雞剛出生就要承受這麼多驚慌、害怕、痛苦，我沒辦法原諒自己！』

媽咪替妳感到驕傲，妳勇於承擔錯誤，有一顆愛護動物的同理心。但是，妳也非常倔強、不肯接受我們的安慰。妳也很膽小，才會在小雞踢妳時放手，讓牠掉到地上。

正是因爲妳是喜歡聽實話的孩子，媽咪才要這麼告訴妳。

但是，妳會跟現在不一樣。

妳會長大，變得堅強，願意聆聽他人的安慰。妳也會開始有忍耐力，不會再隨意放手。妳會忍耐掌中的不適，輕輕將掌中的小雞呵護好。對不對？

媽咪期待見到長大後的凱兒。

那時的妳，會是什麼樣子呢？媽咪一直覺得妳將一頭黑色長髮梳成髮辮、再別上羽毛的模樣，非常俏麗可人。妳身上有種神祕的特質，適合黑髮。一想到現在這對烏亮亮的眸子，將來會看見世界多彩的一面，媽咪就替妳感到興奮。

妳會有自己的伴侶及值得信任的朋友；妳會駕駛機船到遙遠的地方旅行，幫助需要妳幫助的人們；妳會有一份引以爲豪的工作，聰慧的妳，一定會選擇自己深深喜愛的工作，用妳的方式在這世界留下足跡。

但，現在的妳，只是我枕邊沉睡著的小小凱兒，終於因爲哭累了而心力交瘁、酣然入夢的小女孩。

媽咪真的好喜歡妳。即使妳明天一醒又爲了小雞而哭泣，媽咪也不會覺得煩躁。

我會一直安慰著妳，直到妳不再流淚的那一天。

我更會一直等待著，妳勇敢面對自我的那一刻。」

——媽咪，寫於凱兒四歲的初春二月二十日。

*

在難過或震驚過後，我總會想起媽咪留給我的日記性質的信件。機褓姆的字體多半都工整美麗得近乎沒有個性，媽咪雖然不擅言詞，卻總能寫出文筆流暢的信。這些信被我掃描成了電子檔，保留在手機上隨時觀看。

透過這些信件，我知道自己仍被十多年前的那個媽咪愛著。

在今天的失言風波後，我不斷向思海道歉，深怕自己給她找了大麻煩……

「沒關係！沒關係啦！」思海的臉上寫滿了溫柔。雖然我自覺秉著良心回答聽眾的問題，但思海的節目聽眾多半是家長與青少年，我談起有爭議的「讀機人」議題，或許對思海本身沒有大礙，但難保她不會被電台上司找麻煩……

因此，我一出錄音室就不斷賠罪。

「凱凱，不要再道歉啦！我請妳來節目聊天，是喜歡妳誠實談論自己工作的那份態度。與其給小聽眾聽些虛偽的內容，不如聽凱凱這種熱血女孩的談話啊！」

思海還反過來給我一個擁抱，真讓我更加抬不起頭，心底暖烘烘的。

「不過啊！」思海邊勾住我的手臂並肩走回訪客大廳邊小聲地說：「我覺得那個叫老喬的聽眾才奇怪，故意問妳那些問題……心機真重！根本就是法庭上的辯方律師嘛！何必打電話來問這些！」

「哦……」後知後覺的我，這才想起來方才的問題的確有些詭異。這位叫老喬的聽眾，剛開始提問時給我一種熱情求知的態度，才會讓我毫無保留地激動回應。

「唉！不管怎麼說，我都太衝動了。」難得出家門一趟，原本與老同學思海歡聚的時刻，卻演變爲充滿懸念的收場……我垂頭喪氣，連經過走廊落地窗看見自己倒影，原本引以爲傲的黑色長髮，都顯得無精打采。

「真的沒關係啦！」臨走前，思海還特地衝到高大的自動飲料機前，投了杯香濃的熱咖啡請我。

「我真的不能收啦！」我連忙推阻。

「真是的，給我收下！」思海硬把咖啡塞到我掌中，將美麗的臉蛋湊近。

「凱凱，我覺得……今天妳情緒起伏好大，一下失落、一下激動、一下又無奈，現在又跟我這麼客氣……難道，家裡最近又出什麼事了嗎？我是說，除了爸爸去世、機船遭竊之外……」

「我也想問自己，到底怎麼了……」一時間，我紅了眼眶。是啊！爸爸過世這幾天，接連受到大大大小的影響，滿口機器機器的我，好像越來越不會和「人」相處了。不用說在家時就經常惹媽媽生氣，對始終陪在身邊的萊因也有所虧欠，好久不見的桑楚，我對他卻充滿尷尬與疑心，就連好姊妹思海，也無法讓我的心情安定下來。

這一切，都跟我的過去有關係。

和我過去的那個人物有關……

「『媽咪』。」我轉頭，望向思海眼眸中那個憂心忡忡的自己。「跟我的機器褓姆，媽咪有關……」

「等等。」思海打開手機，在懸浮的3D視窗上輸入自己的班表，往下午欄位鍵入了「病假」。

「我陪妳去吃午餐，我們好好聊！」她低聲說。「不要在這裡講。」

＊

跟謹慎聰慧的職場女性思海比起來，我身上帶著一些少女真率的嬌憨味道，穿得也比較隨性，簡單花裙搭配髮辮上的羽飾。

我們就這樣坐在附近的空中咖啡廳中，找了個有落地窗的包廂休憩。落地窗外滿是先進的電台與電視台大樓。雖說是大樓，但比較像是爬在山壁上、歪斜卻工整的蛋糕切片，由雄偉玻璃帷幕所製成的蛋糕切片。

山壁周遭有大小雷達不斷轉動，與城內各處的ＳＮＧ機器人連線，隨時準備播報廣播與電視新聞。

「所以，妳的電子耳接收到了媽咪的聲音？即使它的聲音和媽咪完全不同？」思海對我方才的一番自白感到驚訝。

「但它的語調，真的很像小時候媽咪呼喚我時的語調……」我苦笑道。「我知道這聽起來很扯，所以才一直沒跟妳說。」

「沒關係，既然這件事讓妳這麼煩心，我當然要聽聽。」思海雙眸望向我，手中攪拌著機器手臂端來的附餐飲料。

雖然是個小山城，但餐廳中的人類也多是負責決策與操作工作，烹飪與送餐點餐全都由點餐機或機械手臂負責。這年頭，由人類擔任服務生的餐廳多半收費較貴，賣點也多半在服務生們的青春臉龐或溫暖微笑。

對於機械環繞四周，我不但見怪不怪，更覺得無比自在。機器不會用奇怪的眼神打量我，更不會勉強和我有一搭沒一搭地聊天，當然也不會有任何送餐或者烹飪上的失誤，讓我能在最短時間吃到口味一致的美味餐點。

我點了傳統菜色──三色鮮蔬羊排佐豆瓣醬，配上滋補的秋冬蘑菇濃湯。思海則點了牛肉起司漢堡配雞蛋煎餅與薑茶，但她過度沉浸於我的談話，因而心不在焉地嚼著食物。

思海皺眉思考我最近發生的事，想幫忙找出答案的表情，十分讓我感動。對總是帶負面情緒給周遭的自己，我對周遭的人感到越來越虧欠。

「首先，我想妳要去換個新的電子耳，也順便檢查舊的有沒有問題。」思海建議道。

我換上了一個毅然的表情，將髮絲塞到耳後。「好，但我會要求檢測人員先不要更動舊的，只是檢查就好……畢竟，我還想再聽聽那個聲音，看它想對我說什麼。」

思海點點頭，咬了一小口餐點。「啊！對了，我那天在自動加油站遇見桑楚，他看起來神色很匆忙，說要去妳家弔唁。」

桑楚是我們的高中同學，思海的話題會帶到他，我不並訝異。但接下來這句話，就令我非常意外了……

「桑楚那天開著一艘很先進的武裝機船。我懷疑他在大城市發了一筆，不然就是在什麼高級的武裝保全團隊工作，妳知道，專門保護名人的那種……」

「等等！他的船不是先前那艘萊姆綠的菲利浦……」

「不，對，不過好像也帶點灰綠色？晚上航行起來大概很帥吧！雖然在霍瑪克山城開那種船，就有些大材小用了。」

「聽起來，和我爸的機船被竊時想從後方擊落它的那架機船很像！」我不諱言地說。「當時，我駕著萊因的船，卡在我爸的船與那機船中間……」想起當時的驚險歷程，我的語氣不禁急促了起來。

「不會吧……桑楚爲什麼要射落妳爸的船呢？他不是在當戰地記者嗎？」思海眼睛一轉。「啊！他工作的地方很複雜，說不定因此結識了高科技軍火團……」

我搖搖頭。「不管是不是桑楚做的，對方追擊我爸的那種代步工具老機船，到底有什麼用？警方目前派出拜爾警長查案，但也沒查出個所以然。那武裝機船用的是隱形遮罩，一般守望鄰里的山鳶攝影機，很難拍清楚。」

「聽起來真的很可疑。呼……」思海緩了口氣。「既然這樣，就先找桑楚問清楚吧！他如果真的去攻擊妳爸被竊走的船，之後又若無其事地去對妳致哀，豈不太噁心了？」

「若我直接質問，桑楚應該會找理由搪塞過去，這樣之後就更難跟他互動，也很難調查爸爸的事情了。」我無奈地說，想起桑楚八面玲瓏且嘴上功夫了得的模樣，自己還真沒自信能跟他吵出個所以然。

與其這樣，不如靠自己吧……

「凱凱，妳回去好好想想，若需要什麼幫忙，再告訴我喔！」分別時，思海緊握著我的手。

有這樣的朋友，我真的滿懷感激。

轉頭走上飛船接駁區的鐵鍊橋墩時，我的髮絲又隨風撩飛。在髮梢飄盪的間隙間，我看見遠處的山谷盛著滿天金光，晴空萬里。

「凱兒，這邊！」萊因拉開機船門，用爽朗的笑容迎接我。他早上送我來電台之後就去城裡辦事，此時也已買好了滿滿的生活必需品。

望著萊因那陽光得讓我忘卻煩惱的笑容，我笑道：「你真的是賢妻良母的料耶！」

「因爲凱兒是我的女強人，我自然就是扮演賢妻的角色囉！」

「一點也不開心。」我撒嬌道。「我也想當賢慧的人啊！」

「哈哈哈！凱兒，好像出了爸媽的老家，就整個人變開朗了。這才是我閃亮又可愛的女朋友啊！」

「很想吐耶！」我知道，萊因說得沒錯。一回老家，我整個人就變得懶洋洋而抑鬱寡歡，跟媽媽說不到幾句話就吵架，看到爸爸的物品也心煩，心中當然有不捨……但卻也憎惡著這個對家庭關係無能爲力的自己。

這一切，一定是從我的童年就開始出錯的吧！

「凱凱。」電子耳猛然傳出的呼喚，讓我吃了一驚。

「怎麼了？」萊因緩緩轉動方向盤。「忽然一副臉色慘白的樣子……」

「我又聽到那聲音了。思海叫我去檢查電子耳。」

「真是好主意。那我們就不急著回去守喪囉！」萊因微笑。「爸過世以來我們都住在媽媽家，沒回我們的家看一看，現在去市區一趟，順便把電子耳送修吧！」

心情愉快時，飛行是一件很美的事；而當心情不愉快時，更需要飛行。

我曾經被爸爸禁止單獨飛行，他發現我偷摸駕駛座的儀表板或者方向盤時，甚至會一巴掌打過來。

「妳這種有爸爸在身邊的女孩子，學開船幹嘛？不需要啦！」爸爸總怒吼道。「那都是一些沒有男人、需要自己討生活的女人才學的！乖乖給別人載就好！」

爲什麼科技進步，人心的某些觀念卻難以改變？大概是我們這個小山城居住著許多大男人主義的男人們，總是以爲女人學會開船後就會逃出這片窮鄉僻壤吧？

真是可笑。因此從小，我就不特別熱愛自己的家鄉霍瑪克。直到上學唸書，我知道同學們雖然都由機褓姆撫養，卻擁有各形各色的燦爛人生，在霍瑪克安居樂業後，我的觀念才漸漸轉變過來。

原來，不是所有人的爸媽都像我家那麼暴躁、愛控制孩子……

直到十五歲那年，我遇到了萊因，第一次體會到把手放在機船方向盤上，而不用被任何人斥責的感覺。

「很好！就是這樣！妳怎麼短短時間就自己摸會了？」萊因總是高聲讚美著我，一開始，我以爲他是想追求我才刻意這麼做，覺得很無所適從。

我反問萊因。「你……真的覺得我很厲害啊？」

「怎麼了？妳不覺得自己厲害嗎？我才教妳半小時，妳就已經能從學校開船回我家了！一路順暢無阻，還經過市中心尖峰時間的狹窄風道！」萊因膽子真大，當時竟敢讓第一次駕船的我飛了這麼遠，用的還是他父親的寶貝機船！

大概就是那時候，我知道這個男孩很特別，而他來自一個總是充滿讚許的溫暖家庭。

「真是厲害的女孩子！天生就要開船的嘛！」萊因的爸爸不但沒有責罵我，還邀請剛剛開船玩命的我，進入家門聊天。

當時我真是受寵若驚。原來，霍瑪克這種小山城不全然住著我爸和我媽這種性格扭曲的人。原來，這世界上還有萊因和萊因爸爸這種個性的可愛人們……

「凱兒，在想什麼啊？」萊因的呼喚，讓我回到當下。

「想起我第一次喜歡上你的時候！」我毫不害臊地回答，萊因反倒紅了耳根。

「欸！不要騙我啦！」

「沒有啊！」我認真地說。「就只是……忽然回想起以前的事情。」

萊因的大手緩緩調整著方向盤，儀表板上的藍色數字反映在他蔚藍的瞳孔中。

機船緩緩往市中心前去，後座放滿蔬果、面紙、茶葉、米袋等生活必需品。經過市中心時，機船會先穿過山谷中大大小小的風道，其中必走也較為危險的一條，就是「飄煙風道」了。

這裡永遠充滿了微小但紊亂的亂流，需要極度的專注。有句俗話說，「過飄煙、嘴緊閉」，意思就是要乘客讓駕駛者專心開船，確保全船安全的意思。否則，擦撞事小，墜機也並非危言聳聽。

雖是下午時分，飄煙風道上擠滿了大大小小的機船，有接駁空中巴士，有貨船，也有救護船，大家唯一的默契，就是挨著陡峭的山壁左去右回，彼此維持安全距離，緩慢且專注地渡過飄煙風道。

我望著窗外的風景，回想著自己小時候之所以想學開船，是因爲看到機械褓姆「媽咪」的專注身影。雖然明白它是按照高智能機械設定而行動，安全性比人類高上許多，但幼小的我每每都閉嘴，專心且認真地欣賞媽咪那短短機械手臂開船的英姿。

對於其他人來說，那或許是稀鬆平常的畫面，但在此刻的我腦海中，「媽咪」開船的模樣，卻與萊因此刻駕駛的影像，逐漸重疊了……

也就是這時，我第一次意識到一件事。

「媽咪」是不是還存在於這世界上？正在哪裡呼喚著我？

五、備份

晴空作底，配上雪色雲朵，典型的霍瑪克秋日。

當萊因的船經過垂直築於山壁上的白色購物廣場，也意味著我們平安通過飄煙風道，正式進入市區了。

當初霍瑪克市政府規劃市中心時，沒料到人口會在三五年內極度飽和，才會誤打誤撞地使「飄煙」這種狹小又充滿亂流的次級風道，成爲連接主幹道的重要一環。

雖然惱人，但經過「飄煙」時的最佳好處，便是吵得再怎麼厲害的家人也會停嘴，爭執不休的情侶也會瞬間安靜。在講求快速的現代生活中，讓世人們得以享有安靜的片刻，也十分難得了吧！

而方才的沉默時光中，我靜靜地思考著媽咪的下落，不急著將自己的想法強灌給駕駛座上的萊因。

我勢必會找到媽咪吧！如果它還在這世界上的話……

「唉！每次經過都要罵一次，有這麼多經費一直蓋購物廣場，卻不把飄煙風道整治一下！」一向好脾氣的萊因抱怨著。

「你難得這麼生氣耶！真可愛。」我哈哈笑了起來。

萊因搔了搔頭。「原來，凱兒比較喜歡我生氣嗎？」

爲了拜訪電子耳的維修廠商，我們將船停入其中一座主打3C產品的購物商城中，搭電梯上二十樓。畢竟霍瑪克的建築物有九成都垂直建於山壁或空中，不靠電梯是無法運作的。

「我想檢查一下我的電子耳。」我有些不自在地說。面對自己的耳朵即將被陌生人觸碰，還是有些緊張，萊因大概也感覺到我的不安，輕輕握著我的手。

「請到這邊的沙發坐下。」客服人員領著擁有人類外表一頭褐髮的女性技師機器人來到我身邊。機器人的模樣當然跟大城市偶像劇中完美的外貌有差，不但皮膚透光度很微妙，眼神和髮絲也有些不自然。

「請問這只電子耳，使用齡多久了？」機械女技師問。

「從我六七歲開始，一直到現在，但每年都有升級。」

「請讓我看一下。」機器人掃描了我出示的保固卡條碼，動作與語調都十分輕柔。「感謝您從六歲起就使用本公司的產品，根據保固條約，您可以免費續約使用第二只。」

「等等……意思是說，我現在用的這只要直接回收嗎？」我很怕從此聽不到那個疑似媽咪的呼喚聲，連忙阻止。「可以只做檢測，不要回收嗎？」

「不過……」客服人員輕輕把機器人推開，露出刻意的微笑。「檢測要送回原廠，因此可能還是得請您把目前正在使用的電子耳摘除，我們這裡會提供免費新品試用。」

「好吧！不好意思……但請你們千萬不要把我現在送修的這只電子耳丟掉喔！」我知道這可能是個無理的要求，因此強作笑容，希望加深客服人員的印象。

機器人腹部亮出3D觸控視窗時，我輸入送廠資料卡、加註電子簽名，還不忘特別在備忘欄提到：「請直接告知檢測結果，勿銷毀或對此產品作任何更動。」

「妳真的很怕那只電子耳有什麼損傷呢！雖說可能本身就已經壞了。」手續辦妥離開時，萊因傻呼呼地說。

「因爲，我怕再也聽不到媽咪的聲音啊！」我摸了摸剛換上新產品的左耳。因爲我當年是內耳受損，因此電子耳是以輕巧的嵌入形式放在我耳內，外表看起來與常人無異。

想起來，我也很愚蠢，爲什麼只憑那個語氣就斷定自己聽到的是「媽咪」的聲音？

雖然離開父母家只有短短的幾小時，但是充滿了自由的氣息。我沒有在購物廣場閒逛的興致，便和萊因把機船開回我們的租屋處——平凡無奇的制式鐵皮屋套房，密密麻麻地垂直建於山壁上，每家門戶獨立，遠遠地看起來就像斑駁的恐龍皮膚。

但裡頭，已經被我和萊因裝潢得溫馨舒適。

鋪著環保的淺色塑膠僞木地板，擁有兩房兩廳一衛，小巧實用。客廳緊連廚房與飯廳，鋪著溫暖的咖啡色地毯，地毯上放置一組矮腳桌，桌邊配上我的桃紅色抱枕，以及萊因的鵝黃色座墊。

「啊！好久沒回來這裡了。」我吐吐舌頭，一面愧疚地說。「我真是糟糕，守個喪而已，抱怨這麼多。」

「不會啦！」萊因也學著我的表情。「在妳媽媽那裡太多親戚長輩，的確讓人壓力很大。最近又接連發生一些事，心神不寧、想好好休息都是正常的心情，怎麼能怪妳呢？」萊因說完，把手邊採買的東西放到廚房放好。袋中還有部份罐裝食物、青菜，等著待會兒由我帶回媽媽家。

這裡家居空間雖然不大，但是用我與萊因的第一份薪水所租的，裡頭充滿了我當菜鳥攝影師的青澀回憶，也是萊因以前失業時的避風港。

現在的萊因，因為駕駛技術穩定又高超，擔任貨運物流司機已經好幾年，閒暇時則偶爾畫些水彩插圖，牆上就用大大大小的電子相框，定時展示他的作品。無論是林間的狐狸、空中的候鳥，或者城市中的人群，栩栩如生的底稿配上溫馨的粉彩用色，都展現出萊因的溫柔心意。

「咻嗚嗚！」一陣低悶的引擎聲由遠而近，穿過薄薄的牆壁，傳進我們的耳裡。

有機船開到了我們的家門口！

門戶獨立，信件與貨物由中央電子配送系統來統一發送，照理來說這時間我們不可能有任何訪客。

何況，這艘機船感覺是舊機型，引擎聲大得令人吃驚……

它的聲音，卻也十分耳熟……

「凱兒，等等再開門！」萊因怕有不速之客，但我已經搶先一步打開前門。

「是……爸的機船……」我目瞪口呆。「爲什麼會在這裡！」

眼前停著的機船正在自主熄火，從正面舷窗可看得出裡頭的駕駛艙空無一人。機船的確可以設定爲無人自動駕駛，但這個功能我們家幾乎從來沒用過……

是什麼人把爸爸的機船偷走、又帶來我和萊因的租屋處？

山谷泛起夕陽西下時的片片金光，雲朵如羽毛般乘載著光芒，波光萬丈的夕陽餘暉，讓原本老舊斑駁的機船，看起來容光煥發。

「等等，凱兒，可能有不肖份子躲在上頭，我先去看看吧！」萊因的擔心不是多餘的，但我迫不及待地跟在他身後。憂心、好奇、驚喜等情緒爬上心頭，但我卻已不自覺地露出了微笑。

我想，機船的歸來，或許代表著某種程度的善意。

「一定有人幫我們把機船找回來了。」我喃喃說道。

「沒有異狀，也找不到有人乘坐過的痕跡……」萊因在船艙鑽了一圈，驚訝地指著角落的雜物。「凱兒，妳看，妳的衣服和雜物都在耶！」

「真的耶……」我難掩失而復得的心情，即使我跟父親感情並不好，但能找回他的遺物，還看見了自己的東西，當然心懷感激。

萊因則緩了緩神色，一雙藍眼謹慎地繼續掃視船艙，手邊已經按下儀表板的通訊功能、撥向警察局。「請問，拜爾警長在嗎？」

警方答應馬上要來檢查機船，而我則心急地點開3D主選單，用雙手焦急觸碰著裡頭的資料雲。

一團一團紫色的物件選單中，沒有被竄改或更動的情形。我憑著印象，想找出誰設定了機船的自動駕駛。

對方一定知道我和萊因就住在這裡，說不定是想直接將機船還給我。

「希望不是個圈套啊……」萊因還在跟警方通話著，要求他們立刻帶技師過來檢查。我也慎重地將自動駕駛功能關閉，以防機船又自己動起來。

意外的轉折，讓我的心狂跳不已。

萊因掛掉電話後說：「警方馬上就過來檢查囉！別擔心。」

「那我先利用時間來備份一下，我原本就該在守靈夜備份的檔案。」我感受到一陣心血狂湧的急躁，臉頰也感覺燙燙的。

這艘機船上，有不少我小時候的回憶，雖然守靈夜那晚的我棄之如蔽屣，但此刻一想，還是挺捨不得的。

畢竟，爸爸的這艘機船，充滿不少我和「媽咪」共乘的回憶……

全部都得備份下來才行。

「凱凱，這是三四天以來，妳的臉首度出現血色。」萊因在角落微笑地端詳我。「看來，妳果真很捨不得這艘船呢！」

「嗯！機船就像家人，就算它再舊再破，也是一直以來保護我航行安全的夥伴啊！」我不加思索地說。

就在此時，眼前的檔案庫猛然白光一閃。我還以爲3D顯示器當機了，視窗中卻忽然湧出好幾個我從沒見過的資料夾。

「咦？」這類讓人不明就裡的資料夾約有十數個，全以數字命名，我好奇地點了進去……

我點選「播放影片檔」的選項，霎時間，彷彿有電流竄過了我的背脊！

「哈哈哈哈！媽咪，過來，抱抱！飛起來！飛！」以高視角拍攝的老畫質影片中，出現了一個激動興奮的白衣小女孩，一面高聲尖叫著，一面揮舞手。

我看了三四秒，這才發現……影像中的小女孩，就是十幾年前的我。而這個以俯瞰視角所拍的影片，正是當年機械褓姆「媽咪」替我隨手拍攝的影片。

「媽咪，我們到哪裡了？」一段影片中，小女孩在機械褓姆面前呵呵憨笑；下段影片中，她又在草地上輕聲吟唱，戴著冬日毛帽坐在駕駛座的媽咪腿上，指著遠方問著星座的名字：「媽咪，那是什麼星座？」

我自己都不知道發生過的生活細節，忽然間一一在眼前上演。

熟悉得讓人鼻酸，一如嗅到被燦燦日光洗禮過的被單香氣。

萊因靜靜地從後方抱住泣不成聲的我。

即使淚眼模糊、左耳也不適應方才安裝的電子耳，但我的所見所聞，都顯示出當年的事實。

我是如此深刻地被機械人褓姆給愛著……

舉起右手按下「全選」、「備份」，我將影片檔全部上傳到自己的雲端硬碟中。

這些影片之所以重新來到我身邊，一定有其意義……

六、千鈞一髮

拜爾警長對萊因說了「馬上到」後，萊因的神情總算稍稍放鬆下來。他到處走動，想檢查機船裡頭有無被人為入侵的證據。

「萊因，這種事是不是要等警方來再做比較好……」

「對喔！」萊因放鬆了些。「糟糕，我從剛剛到現在，都一直在破壞現場啊！」

其實，我對這整件事感到奇怪，甚至也覺得恐怖。雖然爸的機船回來了，但我們並不該就此鬆懈下來。

到底是誰留這些影片給我？雖然我看到影片的感覺是溫馨的，但對方的意圖究竟為何？

這些都有待查明……

再這樣下去不行，我的態度也變得積極起來，原本嫌麻煩的報平安，也變得能主動去做了。

「媽，我們在租屋處這裡發現了爸的機船，我和萊因可能很晚才能回家了。」

「怎麼會這樣呢？到底發生什麼事？你們還好吧？儘快回來吧！媽在這裡還要處理一堆爸的遺物，長輩們又一直問你們去哪……」媽媽當然又免不了一頓擔憂與責怪的說教，我也認真聽完。

「感覺凱兒變得沉穩了。」萊因輕輕地稱讚我。這聽在從來就不是乖女兒的我耳裡，還真不算讚美呢！我苦笑著，原本想將自己與父親遺留在飛船上的東西都打包起來，又怕破壞現場而被警方責備……

「現在根本什麼都不能做嘛！」我和萊因並肩縮回駕駛座，在早已熄火的機船上，望著巨大舷窗外的夕陽西沉。

深邃的峽谷陰影，彷彿上漲的黑暗海潮般，將黃昏依稀可見的山壁建築一一吞噬。最後，周遭沒入一片黑暗，只剩遠處受到都會污染的銅紅色天空，遠遠地凝視著我們。

空氣也變得又冷又乾燥，我不禁打起哆嗦。

警察們爲什麼還不到呢？

就在此時，周遭傳來機船引擎駛近的聲音。

這不可能會是萊因的船，因爲它正穩當地停在我們隔壁。周遭鄰居也多半是些在科技園區值晚班的年輕人，不太可能會在晚間五點歸來。

我伸手打開3D視窗，查看機船正後方的監視器。就在這瞬間，一個巨大的金屬吸蓋如手腕般重重降落，從天而降，將我們所乘坐的機船夾了起來！

整個船身轟然振動，將我和萊因給震上天花板。

「它從上面來的！」我要萊因小心，一抬頭只見天窗洩下白晝般的銀色探照燈光，隱約可看見這艘拖曳船是我們從沒見過的新型工業用大船，它先進卻也粗暴的磁力吸夾，不花一秒就牢牢用機械手腕握住爸的機船，將我們震得頭昏腦脹。

「我們要被狠狠扯開這個船塢了！」萊因雙手護住我，一面試圖打開變形的艙門。「我來開門，妳先逃出去！」

「等等！」看著眼前的懸浮指令視窗訊號，被上頭的工業機船給震得中斷，我試圖喊出人聲指令。「『啓動緊急重力』！」

彷彿也不願就此放棄似的，爸的機船雖然處於高齡，卻也爭氣地立刻開啓引擎。

跌落地板上的我們，深深感受到機船正強力地使出與上頭敵機相反方向的重力，努力往下拉扯，不讓敵機得逞。

「引擎過熱。」機船ＡＩ發出呆板且急促的聲音，就在此時，萊因用極度迫切的眼神轉向我。

「我們現在就棄船！聽我這一次吧！」他還不等我回答，就以雙腿踹開扭曲的艙門。

我倆頓時跌入夜空中。

深邃的峽谷，瞬間在眼前翻轉了好幾圈。我下意識地想抓住萊因，抬頭一望，只見自己的手臂勉強撈住船塢的固定索，手腕已磨出了好幾道血絲。

一片驚慌中，萊因只勉強抓住我的腳，畢竟他的體重比我重，我感覺下半身都要被撕開了。憑我一個人的力量，根本無法撐住自己與萊因的體重。

「凱兒，我要放手，跳到下方的屋頂。」

「下方屋頂？」我往下掃視。萊因根本是癡人說夢！樓下鄰家的屋頂少說也離我們有兩層樓那麼遠，萊因要是跳下去，八成只會摔進峽谷的深淵中，連屋簷都碰不到。

「可惡！」明知道再怎麼用力也無法拉起兩個人的體重，我還是死命地用單手搆住唯一的希望——船塢上的固定索。

偏偏，手指和手腕都已經僵硬得顫抖不已，指節與繩索之間的距離，也開始失控……逐漸往下滑、往下滑……

身後，爸的機船已經被不明的工業機船用機械手臂牢牢夾住，巨大的噪音與引擎所排出的熱風，把我和萊因逼得崩潰。

「凱兒！」上方傳來一個熟悉的聲音。

軍綠風衣、深邃的棕眼與落腮鬍……

「桑楚？」我驚訝地叫出他的名字時，身體已經不自覺地即將墜落……

「抓住妳了！」桑楚毫不猶豫地拖住我的手腕。

我避開桑楚那充滿關切的雙眸。充滿防備心的我，甚至不願主動對視桑楚的眼睛，但他毫不費力地就接連拉起我、更救起萊因。我們雙雙跌在船塢上。

「摀住耳朵！」桑楚對我們大吼。

「什麼？」我在兩台巨大機船的噪音中一頭霧水。

桑楚舉起手，我這才看見，他裸露的左臂上不知何時已直接鑲嵌了一具機砲，「轟」地一聲就朝工業敵船發射。

紅色的光砲筆直衝向敵船船腹，轟然炸出個大洞。

「這艘工業船是由遠端電腦所控制的無人船！你們快躲進屋裡，這兩艘船隨時都可能爆炸！」桑楚一副明白所有事情似的表情，挺身站在我們前面。

「妳不准給我自己在外頭！」萊因一手把我抓進屋裡，另一手立刻也將桑楚揣了進來。

他砰地重重闔上金屬防護門，而我和桑楚雙雙跌坐在玄關。

「外面……」我踏著鞋子踩過房間地板，開啓房間投影幕上的室外監視器功能。

外頭被桑楚擊中的工業飛船正在緊急撤離，而我爸那艘引擎已經過熱的老機船，看樣子非常不妙。

雖然逃離被巨臂機船劫走的命運，但它左搖右晃，不斷從機殼各處散出濃濁的黑煙。這樣下去不行，萬一爆炸勢必波及左鄰右舍。

「桑楚！你的武器能擊落我爸的船嗎？」

聽了我的詢問，桑楚楞了一下。「可以，但……真的要擊落嗎？」

「萬一波及其他人就不好了！安全要緊啊！」面對他人的生命安全，我明白這種事不可兒戲，雙手揪著桑楚走出門。

風向改變了，若船是先爆炸才墜毀，勢必會碎片與火花蹦射四散，這片山壁上的鄰家都將陷入火海。

但倘若先被擊落之後撞到無人的峽谷深淵才墜毀，那頂多只是損失一架機船罷了。

「拜託，請你擊落我爸的船吧！現在就做！」

大概是我充滿覺悟的要求，觸動了桑楚，他臉上的神情轉變了。

「我知道了，凱兒，就聽妳的。」桑楚舉起鑲嵌在左臂的小型機砲，砲柄上泛著冷光，導管流淌著液態能源。

這種先進的人體改裝武器，絕對不是一天兩天能安裝完畢，而桑楚這種改造人體的行徑，也並非政府會隨意准許的。

他一定瞞著我們這件事多時了，雖想來疑點重重，但此刻，我卻要感謝他有這樣的能力。

「砰！」轟然被擊中的機船，猛烈震盪了一下，隨後便失去動力，直往山谷最深處墜去。火光照亮了它一路墜經的山壁、石塊、雜樹，最後消失在我們視線的盡頭，連個亮點都不剩。

聽人說過，霍瑪克的山谷深不見底，但此刻，是我與萊因第一次見識到它有多深邃、多遙遠。

我感到心好痛。被迫放棄失而復得、被不明敵船損毀的父親機船，從小到大的回憶，竟變成如此心慌的混亂……

心臟砰砰狂跳著，每一口呼吸都感受到沉痛的酸楚……彷彿我感受到的並不是自己的心，而是機船的引擎似的……

在機船消失於漆黑深淵的那瞬間，我甚至感受到一股無名的悲哀與害怕。

難道，我感受到的不是我自己的感覺，而是那艘機船的感覺？

「這可能嗎……」我摀住胸口，渾身顫抖。

倘若是真的，我大概就是人人口中懼怕不已的「讀機人」了。

那個一向被視爲不存在的不祥都市傳說……能夠感覺到機器的引擎脈動、甚至機器的情緒……讓「人」與「機」之間的界線不再清晰的傳說人種。

「凱兒，不管妳現在想什麼，別說出來。」桑楚從後方輕輕搭住我的肩頭，我轉頭望向他充滿善意的疲倦臉龐。

我也悄悄地打量著萊因。萊因看向我的表情充滿不解，似乎不瞭解我臉上爲什麼會寫著如此悲愴又誇張的情緒。

但他沒有開口問我任何事情。萊因或許在想，明明好不容易死裡逃生，爲什麼我的表情看起來才像正要面臨死亡般，一片慘白？

也就在這刻開始，我與萊因之間，拉開了一道從未有過的距離。

「也許，我開始有事情無法對他說了吧……」失落感爬竄在我的胸腔，也讓我腦袋沉甸甸的，什麼也無法思考。

渾身感受到一股被火灼傷的痛苦，我想，爸爸的機船此刻一定還在山谷的盡頭燃燃燒著。

直到它墜毀、爆炸，引擎停止運作，所有乘載過的電子記憶，皆化作無人知曉的孤獨火光……

七、桑楚的新生

回到屋內，萊因默默地倒了杯咖啡給桑楚。始終安靜得像隻貓的萊因，讓我十分擔心，他湛藍的眼底現在滿佈陰霾，臉色雖有重獲新生的幸運，卻在努力掩飾著不安。

而在拜爾警長來臨前，桑楚表示自己想先走、不方便與警長見面，我也大概理解爲什麼。

「你的手……什麼時候改造成那樣的？」我緩聲問。

「一直都沒告訴你們……抱歉。」桑楚將機械手臂套上防寒的黑色皮手套，遮人耳目地縮回大衣袖管中。原來他前幾天和我們見面時，也是這樣矇混過來的。

「去年採訪邊界戰爭時，被大規模的地雷波及，就失去了左手。我透過軍火販子和地下實驗室的牽線，將手改造成這樣。」桑楚微微一笑，試圖淡化我們的驚訝。「不過，我想凱兒也瞭解，這只是遊走在法律邊緣的另一種手術形式罷了。就像凱兒的電子耳，不也是同個原理……」

「根本不一樣。凱兒的電子耳，可是經過嚴格的健康檢查和政府認可的。」萊因打斷道，語氣帶著責難與不解。

「謝謝你……不過，不用擔心我。」桑楚不以為意的說。

「誰在擔心你了？」萊因皺眉反問著。很少看見他這麼激動的模樣，我這才發現，原來萊因比我想像中的更關心桑楚，也對他的隱瞞感到氣憤。

畢竟，萊因與桑楚以前可是無話不談的好哥兒們，而桑楚一個人默默迎接了如此重大的人生轉變、又一直隱瞞至今，萊因當然覺得被排除在外。

我試著轉移話題。「你裝載在身上的機砲系統和能量補給，也是從軍火販那裡來的嗎？」

桑楚點點頭。「黑市什麼都能買得到哦！有了這雙新的手之後，我感覺自己的身體雖有殘缺，卻不至於讓人自卑，你們看，以前我只是個弱不禁風的記者，遇到任何事都只能靠著兩隻腿先跑再說，自從有了這隻機械臂，一切就不同了。」桑楚嘴上掛起一抹自信。

原來，這就是他的性格之所以變得如此不同的原因。桑楚個性的某一部份，的確隨著失而復得的電子機械臂，而有所轉變。

至於是正面轉變，或負面……我也說不上來，或許我們都需要重新適應彼此吧！當然，我還是比較想念高中時那個說話實在、堅毅且無所畏懼的桑楚。

「你們也真奇怪。」桑楚忽然哈哈大笑了起來。「不問我怎麼會突然來到這裡嗎？」

「對呀！你怎麼會來這裡？」我問。

就在桑楚回答時，萊因望著桑楚的眼神仍有些冷漠，並沒有加入我們對話的意思。

「你們知道我是幹記者這行的，當然要追著事件跑。最近霍瑪克不太平靜，你們這區剛好有許多分租出去的套房，我只是碰巧選中了其中一家啦！方才在趕稿時，意外從窗戶瞥見萊因的飛船駛來，正從電梯出來準備打招呼而已，就遇見你們慌亂的模樣，豈能見死不救？」

聽起來過度合理了些，我有些心不在焉地掛起微笑。「真的很巧耶！還好你救了我們！」

「你不要再騙人了！在凱兒的面前裝成什麼戰地英雄……我問你，前幾天攻擊她爸爸飛船的，不就是你嗎？」此時，角落的萊因像是忍無可忍，怒氣沖沖地站起。「不要以爲換了艘機船，就可以掩人耳目！我們從以前就無話不談，你偏偏要用這種方式傷害我們？」原來，萊因也知道桑楚另外有別架武裝機船的情報了？思海不是只告訴過我一個人嗎？

萊因的眼眶含著被背叛的淺淺淚水。他自幼成長在一個沒有祕密、如晴空下的玻璃窗般透明的幸福家庭中，而我和桑楚似乎就是他生活中遇見最混沌、也最有趣的人了。

只是，萊因已無法接受眼前混沌的桑楚。

「回答我啊！」萊因激動地朝桑楚走去，用力地提起桑楚的衣領，即使對方比自己高大，萊因也幾乎將不願還手的桑楚給提了起來。「回答我！」

「我本身還有從事中古機船的翻新與買賣……」桑楚從萊因的雙手中掙脫，擠出一絲爲難的笑容。「因此，不管你看我開什麼船，那已經是我生活中不可或缺的一部份了。至於說我攻擊凱兒爸爸的機船，我到底有什麼動機這麼做？」

我不相信桑楚，只是覺得此刻的萊因很可憐。他真心地想挽回友情，才會如此激動地詢問，沒想到桑楚又用這種看似自然、其實卻非常霸道的語氣帶過。

知道再這樣下去也只是徒勞無功，根本問不出什麼，我便開口打圓場道：「好啦！桑楚，拜爾警長就要來了，你若不想要手臂的事情曝光，可以先走，我們會說攻擊工業機船的人，臉看不清楚、無法辨識身份。」

「謝謝……還是凱兒最好了。」桑楚露出燦爛的笑容，我無奈地抱著胸讓到一旁，在桑楚出門前，都沒再對他說話。

大門關上、腳步聲走遠，遠處的電梯也發出有人進入的提示音。

桑楚真的走了。

房中的空氣一下凝結了起來，我故作開朗地啓動圓盤狀的掃地機械人，擦著被鞋踩髒的地板。「呼！剛剛真是嚇死我了。但是，拜爾警長也太慢了吧？」

「我們……不應該再跟桑楚有瓜葛了。」忽然間，萊因斬釘截鐵地說道。

「嗯！他似乎多了很多『副業』。」我聳聳肩。「避重就輕的功力也越來越高超了。不過，他救了我們，這仍是事實啦！」

我看到萊因陰沉的表情，實在挺過意不去。感覺爸爸的機船上發生的一連串事件，已經將萊因和我都越捲越深，理不出一個頭緒。

萊因從角落的沙發中起身，厭惡地拿起方才我泡給桑楚的咖啡，將它潑入水槽。

「對了，萊因，方才你怎麼會推論，桑楚曾開了別的武裝機船來攻擊我爸的機船？」

「唉！這幾天我從物流公司請假，陪妳守喪。但今早去酒館探望一個受傷的同事，順便從他那裡拿些公司文件，在酒館裡聽到很多小道消息。大家都說桑楚最近發跡了，常常開著高級武裝機船來來去去，我聽他們對他其中一艘船的描述時還不敢相信，但時間點實在太巧了。」

隨著臉上線條的放鬆，萊因緩緩地對我說出一切。他一定獨自歷經震驚、懷疑，又煩惱了許久，再度見到桑楚時，才終於拿出決心與他對質。

我走上前，淺淺地擁抱著萊因，他也低下頭，把下巴靠在我肩上。

雖然此刻本該感覺溫馨甜蜜，我心頭卻哽著一些話無法說出口。

例如，當爸爸的機船方才往山谷下墜時，我感同身受，彷彿我自己也渾身冒火，墜入深淵……

萊因不喜歡聽到這些，他嚮往的是平凡安定的生活，絕對不希望有「讀機人」嫌疑的女性做他的妻子。

也就在此刻開始，我想，或許我們的感情會走向盡頭。

「有人在嗎？」拜爾警長渾厚的嗓音響在門口。

我望向監視螢幕，灰髮挺拔宛如白頭翁的他，的確帶著幾個警察在門口等候了。方才明明這麼安靜，我們卻連警用機船的停靠聲都沒聽見，可見心情有多紛亂。

拜爾警長進門後，我們率先向他說明情況。

警長猛搖頭。「唉！原來又來晚了，這整件事真是匪夷所思，我愧對你們，在你們需要幫助時無能及時趕到……」

「我和凱兒發現那艘不明的工業機船後，曾一度試圖用她爸的機船與之抗衡，但卻失敗了，我們倆只好跳回船塢上。」萊因柔和地說明，眼光直視警長，我都不知道他原來這麼擅長說謊。

萊因之所以願意替桑楚圓謊，大概是他心底某處，還願意相信桑楚吧……

拜爾警長對我們的說法不疑有他，但仍用隨身警用攝影器將我們的言行一一拍下，作爲官方記錄的一部份。

「既然你們只剩下萊因的飛船當交通工具了，爲了怕路上又遇到不測，我想護送你們回家，也想再去給令尊弔喪。」

本想婉拒，但拜爾警長溫柔的考量卻也打動了我。

就這樣，我們帶著下午時採購的家用品，在兩台警方機船的護送下返家。警方機船比萊因的機船體型稍大，模樣也較爲流線細長，航行在我們一前一後，給我們十足的安全感。

雖然身處不同機船，但拜爾警長在返家途中，始終用鄰近的機船頻道，與我們閒話家常。

「哦哦！原來老漢克的女兒嫁人啦！下次我一定要質問他婚禮怎麼沒邀請

我，哈哈哈哈！」拜爾警長在辦案以外的時間，總能將氣氛轉換得自在舒適。「話說回來，你們從高中交往到現在，也差不多該結婚了吧？」

這樣的問題，我與萊因早有默契，異口同聲地回答：「不行啦！錢都還沒存夠呢！」

「我婚後還要工作，生孩子、買機褓姆，都需要錢啊！」我預想中的婚後生活，絕對有機褓姆的存在。這年頭，機褓姆的外觀通常打造成賞心悅目的和藹姊姊或大哥哥，年紀比我們都還輕上許多。

「那倒是啊！褓姆除了帶小孩，還可以幫忙處理其他家事，的確能讓生活品質好許多！」拜爾警長的孩子也出身於「機褓姆世代」，因此當然能理解我們的看法。

與當年「想跟流行」來使用機褓姆、卻又處處顯露排斥之意的爸爸，完全不同。

拜爾警長繼續滔滔不絕的說：「對了，最近好多人又迷上了那什麼……虛擬實境家用主機？這玩意二十年前就流行過了，現在追加了什麼疼痛體感，我可不願意讓我家孩子明明在家卻假裝自己在叢林冒險，還惹來一身痛啊！」

「人永遠都不會變啦！只要流行就一窩蜂追流行。哪天人體改造正式合法了，一定也會有許多健健康康的人，硬要將機械裝進自己的身體吧！」萊因不屑地說，顯然意有所指。

「哦！這倒不奇怪。」警長笑道：「光是以前我唸高中時，我爸買了一台萬用事物隨身平板機給我，就讓我接下來三個月都彷彿重獲新生，人機形影不離，比我孫子給機褓姆帶時還誇張！」

「重獲新生」這種說法，我很能理解。

不管是在戰亂傷痛中重新獲得新手臂、變得更自信果敢的桑楚，或是曾飽受耳疾之苦、終於獲裝電子耳的我……機械能給人類最大的禮物，大概就是這種「重獲新生」的感覺吧！

一睜眼起來就煥然一新，感受到自己不再孤單，隨時有可供自己作伴、比人類還信得過的新夥伴……當然感覺很好。

機褓姆「媽咪」到訪的那一天起，我每天都帶著這種清新的興奮感起床。

「凱凱，早安，媽咪愛妳。」相較於其他父母總在床畔道晚安時說愛孩子，媽咪總在我從昏睡中清醒過來時，用彆扭卻真誠的金屬微笑，如此對我說。

「我也愛媽咪。」每天早晨，我都這麼回答。即使昨晚做了惹媽咪生氣的事情、或被媽咪氣哭而入睡，一早醒來看到媽咪圓滾滾如鐵桶般的金屬身軀，我就感到精神一振。

拜爾警長所處的世代，是「電子物質世代」的尾聲。當時，媒體說患有電子物質心理症狀的人，便是「覺得自己一天沒有該電子物品便不能活」、「覺得自己有隨時更新情報資訊、甚至持有新款電子物品的必要」、「當電子物品在身邊並處於使用狀態時身心亢奮」。

但我卻漸漸地瞭解，這或許不是一種病，只是一種亟欲獲得生命與陪伴的渴望罷了。

對於這個「人類有機械陪伴」的時代來說，新生，本來就近在眼前。

「新生命、新生活，現在的我正是缺乏這種煥然一新的感覺，才會如此不愉快吧！」在機船窗外飛逝的夜景前，我默默地想道。

八、媽咪的下落

拜爾警長一與母親寒暄完畢，就筆直走到大廳的父親棺木旁。棺木外頭開了一個小窗，可以看到電子冷藏棺木中的父親遺容。

或許我真的是個失格的女兒吧！過去的幾天，我總是沒有勇氣直視那樣的遺容，但此刻，看見拜爾警長探視父親遺體的那份率直，也讓我不禁跟在他身後走了過去。

拜爾警長皺著眉頭，用不捨的神情直勾勾地望進棺木，我的目光也不禁落在父親的臉上。

那當然是一張經過化妝、看起來氣色很好、甚至具備著幾分親和力的遺容。不過，父親嘴角與眉間流露出那份頑固，仍十分鮮明。

就在拜爾警長致意時，我所想到的盡是一些父親吼罵我與媽咪的畫面，因此打從心底感到不快。

「沒事吧？」萊因輕輕地搖了搖我的手。

「嗯！」我點點頭。從小到大，父親雖然在物質上盡量滿足我，卻也總是以用言語貶低、限制的方式將自己所謂的「關心」，強加在我身上。但，也因為體會過這種父愛，我無法輕易地討厭父親，只是感到很無奈罷了。

唯一可以肯定的是，我將來絕不想用那種方式教育我的孩子。

「唉！還記得上次看到令尊，是春末大家一起喝酒的時候。」拜爾警長眼睛泛著淚光。「這次人都過世了，機船卻接連遭遇到不明力量襲擊。他做事正直明快，難免也豎立了一些敵人，我往這方面調查，卻一無所獲，真是愧對你們一家啊！」

「別這麼說……」母親手邊雖端了杯濃湯過來，眼底卻的確有責備拜爾警長的意思。

果然，警長人一走，她就叨叨絮絮地罵了起來。

「拜爾警長的時代也快過去了，說真的，難道不能派更跟得上時代的警察來辦案嗎？以前那種查案手法，說不定不管用了。雖然他來這裡掉個幾滴淚是很感人啦！但還是對案情沒幫助啊！倘若能早點釐清案情，我們還有機會申請妳爸飛船的理賠……那可是一大筆錢呢！」

我與萊因面面相覷，對於母親這種毒舌功力，只慶幸她今晚沒用到我們身上。

爸爸去世之後，母親少了說話對象，一逢人就滔滔不絕地埋怨、抱怨與批評。也難怪，原本買菜、上醫院復健是她的生活重心，但這幾天守喪，母親心情一煩悶，批評他人的功力也變本加厲了。

我與萊因把今天採買的東西搬進廚房與儲藏室時，手機響了。

「『接通』、『擴音』。」雙手拿著東西的我，喊出指令，對方使用的是影像電話，迷你的上半身投影躍然出現在手機螢幕上。

他是個穿著制服與工作外套的中年大叔。「您好，我是來致電通知您，今日的電子耳檢修狀況……」

這麼快就檢修完成了？還使用收費昂貴的影像電話來致電解釋，可見廠商誠意十足。

「您好！謝謝您打來，請繼續說！」

「檢修結果，一切正常喔！關於您說的電子耳會出現奇怪的人聲這點，我們在猜想是否頻率轉換功能間有故障。先前也曾有誤收電台訊號、誤收漁民無線電通話的前例，但您的電子耳完全沒有這方面的狀況耶！所有功能都使用良好、一切正常！由於您也要求不要再做任何進一步的動作，明天就可以自行到我們的門市取回了。」

「哦！好的。」我鬆了口氣，看來對方很專業，既然電子耳正常……那我聽到的聲音，就並非故障，而是其來有自的聲音。

萊因在一旁默默聽著，直到我掛斷通話。

「妳還是覺得，那聲音是妳媽咪嗎？」萊因的擔憂眼神，告訴了我絕不能說真話。

「怎麼可能？」我苦笑道。「我想一定是幻聽啦！畢竟我只有左耳是電子耳，右耳還很正常啊！既然檢修沒問題，我也不必胡思亂想囉！」聽完後萊因的表情一下子開朗了起來。

「這樣我就放心了！幻聽倒是有可能，畢竟凱凱自從爸爸過世之後，每天都沒睡好啊……」

「原來你也發現啦？」我吐吐舌頭。

「當然啊！我就睡在妳隔壁床位嘛！」在我走進盥洗室，換上睡衣後，萊因也鋪好了床單。

兩張單人床並肩擺在房間走道的兩側，看起來有些像學校宿舍的陳列。以前，我和媽咪就是這樣，一人一機分床而睡。

「凱凱，妳一直沒告訴我。」萊因用複雜的表情柔聲地問：「妳爲什麼會需要電子耳呢？我從高中剛認識妳時……就很想問了。」

「嗯！因爲我和萊因總是希望彼此開心，不希望講些負面的事情。」我真心地露出微笑。「但既然你又問了，我想這次就直接告訴你吧！」

今晚開始，我覺得體內有種湧動的力量，它比起我以往的個性來說更加直率、充滿行動力。對於過往總是避開的一切，我似乎也有種勇氣，想一一去迎接……

體內還殘留著爸爸機船燃燒墜毀時身體的灼燙感……或許，跟這個有關吧！

開了床頭小燈，我們抓了枕頭，在各自的床位上躺著。萊因躺著的，便是當年媽咪睡的位置。

我開口，將腦海中的那個回憶娓娓道來……

*

原本以為那會是個平靜的早上，依稀記得我六歲時，剛開始上幼稚園的我，手拿著電子觸控繪本。一如往常，我在媽咪的打扮下穿著妥當，頭髮放下，挑出幾束細髮辮。

還記得，空氣瀰漫著奶油與香草的甜蜜香氣，那是一個冰冷的冬日，讓人恨不得立刻用手圈住盛著熱可可的碗。

「凱凱，今天的早餐是妳喜歡吃的鬆餅喔！」親生母親也在媽咪的幫忙下，端出早餐。母親的廚藝很好，又有媽咪的協助，餐餐的品質都讓人滿意。

可惜，用餐氣氛就不是我們所能控制的了。

穿西裝打領帶、準備到本地銀行上班的爸爸，一向喜歡在早晨飯桌聽新聞廣播，晚餐回家也總是看著新聞。

在機褓姆蔚爲風潮後產生了不少媒體對機褓姆現象的探討，一開始媒體針對某流行事件總報好的，接下來就會盡情地出現負面聲浪，一直以來都是這樣。

媒體開始一窩蜂報導，出身於機褓姆世代的學童們上學時完全不懂人際互動，彼此爭吵打架。學步的孩子第一步學的不是爸媽，而是僵硬的機器人步伐。當然，開口把機褓姆當媽當爸的小孩，早就數以千計。

而我，也是其中一個。

「如我前幾天跟妳媽媽說的，還是把妳的機器人褓姆拿去退還吧！反正妳也已經六歲，早就不需要換尿布餵奶了，現在拿去折舊的話，還可以拿回不少錢。」一早，爸爸就說要把褓姆退還，以往我聽到這個決定時總是直接放聲大哭抗議，今天當然也不例外。

當時的我，根本無法想像失去機褓姆「媽咪」的生活。失去了朝夕相處的親人，那對我來說比地獄還難受，更不用說，萬一媽咪被送走後，勢必會被銷毀，那無疑等於殺死了自己的養育至親般，不可原諒。

年僅六歲的我先是放聲大哭，親生父母卻早已習慣在提起送走機褓姆話題後聽見我的高分貝抗議哭聲。

「哭個屁啊？反正我是退定了！哭有用的話，北方也不會有戰爭了。都幾歲了，還丟人現眼。」爸爸冷冷地吞著早飯。

「我恨你！你怎麼不去死！」我用盡全身的力氣起身大吼。

「造反了，我要叫記者來拍妳這種嘴臉！被機器人帶大的孩子，口口聲聲叫自己的親生父親去死！」爸爸暴怒地跳了起來。

「去死！你要送媽咪去死，你自己就先去死！」我推開阻止我的生母，而媽咪那張由幾何圖形所組成的簡單臉孔，此刻也只能無助地閃爍著圓圓的眼燈，原本設計成笑著的方形嘴巴，也變成下垂無力的橢圓形。

「凱凱，不哭、不哭。」她發出簡單的機械人聲，蹲下來抱住我。

「媽咪，妳不能被送走！不可以！」充滿體感溫度的媽咪圓柱體手臂，被我緊緊拉住。

「讓開！」爸爸看到我還不跟他道歉，反而賴在地上撒野，當然氣壞了。

他掀開桌巾，用力地踢著媽咪的身體。「不要碰我女兒！她是我女兒，不是妳女兒！」

媽咪沒有還嘴，至今我仍相信，她並不是理解父親的邏輯，而是不願意與人類起衝突。

因爲，媽咪當時抱著我的手臂，摟得好緊、好緊……

「不要護著她！這丫頭就是欠教訓！」爸爸又從後頭踹著媽咪的頭部。

「滾！妳給我滾！我們家不需要妳！」

我嚇壞了，與媽咪跌坐在地上，抱成一團。期間只聽到母親露露不斷尖叫，甚至已經拿起電話準備報警。

忽然間，我從媽咪的懷抱中被拉開，狠狠丟向牆壁。

爸爸一掌打向我，在我試圖往下蹲的那瞬間，他正面搧向我的耳朵。

不偏不倚，正中左耳。

那瞬間開始，我的左耳就再也聽不到了。據說我昏過去後，爸爸竟然慌張地拿著公事包奪門而出，只留下機褓姆衝過來搖著我的肩膀。

「我那時候還以爲妳死了，以爲機褓姆抱著的是妳的屍體……她接下來的兩小時，從家裡到醫院，都不斷在妳身邊叫著妳的名字。」母親如此轉述道。

之後登門拜訪的，是跟爸爸同齡的拜爾警長。他原本想以家暴提出訴訟，但母親堅持不肯，直說這是家裡的親子溝通問題，而拜爾警長與父親也有深交，便親筆寫了封信給我，說他會繼續暗中觀察我、保護我，要我安心養傷。

不久後，我迎來人生中第一只電子耳，生活作息一切如常，爸爸好一段時間都沒有對我發脾氣。

但媽咪它，卻開始有了故障。

它開始說話不清楚，原本說起話來已經很像孩子的她，彷彿智能倒退般，只能說幾個簡單的單字，並無法組成一個句子。

「媽咪，妳是故意的對不對……妳假裝故障，好讓爸爸有理由把妳送走，因爲妳不要我了，覺得我夠大、能照顧自己了。」一天夜裡，我質問著媽咪。

媽咪只是如往常露出金屬微笑，讓方形的嘴巴變成一抹弧線。

「凱凱，媽咪，喜歡妳。哪裡，也不去。」

不久後，媽咪所屬的機褓姆公司的保險調查員——麥姐來到我們家調查。她是個梳著高高包頭、手拿雨傘的黑髮嚴肅女性。麥姐身著灰色套裝長裙，長著一副刻薄相，臉上掛著時髦的數位智能眼鏡，號稱資料都直接顯示在眼鏡上頭。

第一次看到麥姐是個大晴天，年僅六歲的我，當然一直盯著她手上的黑傘看。

「小妹妹，想必妳就是凱兒了吧？府上機褓姆的連線顯示異常，我準備在正式理賠前，先對府上的使用環境與習慣進行一定程度的理解。」

當時的我，根本聽不懂麥姐想說什麼，只是又哭又叫地求她別把媽咪帶走。

「錯了，我不是要把妳家媽咪帶走，我是爲了讓她盡可能留在妳身邊更久更長，才來到這裡的。首先，我必須要瞭解它損壞的情況。」

麥姐板著臉，一臉訓斥我的表情，但看在我眼底，那比爸爸向我賠罪時的笑容，美麗太多了。

九、讀機人

床畔故事說到尾聲，萊因緊緊地擁抱我。

「妳一定很想念媽咪吧……」他摟住我的肩膀。

「不過，想也沒有用。」我苦笑，試圖提醒萊因，我不是方才故事中那個六歲的小女孩了。

我已經知道，人死不能復生，而送回原廠銷毀的機褓姆，也不可能回到身邊。

此刻，我的電子耳，也並未傳出熟悉的呼喚聲。也許，一切就會這麼過去了吧……

心臟仍砰砰跳著，一想到父親機船墜毀時，我身上的灼燙感，我便知道自己的生活將有了轉變。

「爲什麼我對機器，竟能那麼感同身受？」我心慌得無法入睡時，隔壁床位上，已傳來萊因規律的夢中鼻息。

在這個夜裡，我回想著自己身上開始發生的每一件怪事。父親的機船爲何被竊、又被誰放了回來？我所備份到的檔案，是誰存進去的？又是誰派出了工業機船？

在這個充滿疑問的夜裡，我開始相信，自己是讀機人。

這個禁忌的話題，讓我打從心底惶恐。但同時，我也因爲發現自己新的可能性而渾身沸騰，夜不成眠。

但我所不知道的是，我即將遇到另一個改變我一生的讀機人。

*

守靈夜過後的第六天，我開始習慣早起幫母親做飯的生活，也當然習慣了一早就因爲洗菜切菜方式不夠標準而被母親臭罵的生活。

萊因無法再請事假，已提前出門工作。

「我想，爸爸的出殯日就安排在後天吧！」母親吐出一個似乎經過深思熟慮的答案。「妳回家雖然讓我很煩躁，但我想最煩的人，應該是妳吧？看到妳每天都在接電話、回信婉拒客戶……妳錢已經賺夠少了，存款應該快見底了，得趕快回去工作了。」雖然又是一番貶低的話，但裡頭也不乏對我的關心。

「妳覺得怎樣好，就怎樣決定吧！」為了不被母親誤會想找架吵，我還刻意掛上平和的笑容。

心底當然很氣，畢竟我的存款可比母親擅自揣測的數量，多了五倍呢！但隨著父親出殯日的提前，這也意味著，我要從守喪的日子解脫了。

我終於能著手開始調查父親飛船的事情。

這次，不能再讓萊因擔心了。

「反正，我只要找到一個長期出差的理由，就可以暫時挪出兩三週的時間調查……」對於自己已萌芽的讀機人能力，我感到迷惘，卻也知道自己不能原地踏步。與其五年十年後去後悔當初為何不行動，不如……

門鈴響了。

我暫時擺脫面前需要切切洗洗的蔬菜水果，衝到前門。

一開門，熟悉的人影讓我驚訝萬分！

「您好，我來府上針對令尊名下的機船，做理賠前的全面調查。」對方有著十幾年不見卻始終如一的黑髮髮髻、金框數位眼鏡，明明是晴天卻手持雨傘，一臉刻薄慘白。不需多想，我知道她是麥妲。

與我昨晚轉述給萊因的回憶比較，麥妲簡直像從被凍結的時空走出的人一樣。

「歡迎妳來！請進！」

看見我誇張卻真誠的笑容，麥妲不解地皺起眉頭。

「請問，我的臉上沾了什麼東西嗎？」

「沒有。」我笑了出來。「您看起來一點也沒有變老。」

「哦！難不成，妳就是凱兒嗎？」麥妲板著臉孔問。

「您還記得我呀？」

「父親同時對機褓姆與孩子家暴，這案例可不是年年都能遇到。」

這種家醜被記住，實在開心不起來。

不過，心底還是有些暖暖的。

我對麥姐露出迎接老友般的笑容，邀請她入內。

「啊！上次見面……好像十幾年了吧？」母親果然對麥姐有印象，她擦了擦手，問麥姐要不要茶或咖啡。

「都不需要，謝謝。我只是想請問幾個問題。」麥姐仍一副分秒必爭的模樣，雖然看似個性急躁，但其實她只是講求調查的效率罷了。每次麥姐總是準備了許多詳細的問題，雖然生得一副晚娘臉孔，但她卻很會引導人回答訪談。

「妳發現令尊的機船著火，是在什麼時候？」沙發上的麥姐丟出了一個粗糙的問題，逼得我必須詳盡地回答。

「如我剛剛說的，機船是先被一艘工業機船的機械手臂夾住，我們從機船逃到船塢時，大概引擎過熱，所以它才起火、墜落，最後爆炸。」

麥姐推著眼鏡，想必是在私下讀取眼鏡上的保險公司數位資料。「不，根據我們當晚的連線數據表示，機船受到不明外力攻擊時，引擎並未過熱。但之後我們的數據傳輸器卻遭受到另一股外力的衝擊，才直接引起了機船前方的火源。」

大概是桑楚射擊工業敵船的那瞬間，敵船撞擊到機船的緣故。

我感覺手心在冒汗。但倘若在此時坦承桑楚的存在，警方與麥姐都不會輕易放過做僞證的我與萊因。當初只是想撒個謊矇混過去，照萊因所說的，我們並不希望再與可疑的桑楚有太多瓜葛……

一定能瞞過去的。

因此，我繼續重複著說詞。

麥姐推了推眼鏡。「所以，當天就只有妳和妳的男朋友目擊過這兩艘船？」

「對。」

又繼續問了十來個問題，麥姐彷彿在交叉檢視著答案。

而我，當然也有自己想問的問題。「請問，我爸機船的殘骸……」

麥姐抬起銳利的眼神。「尚未尋獲。我們有根據衛星定位4D技術找到確切的墜毀地點，但那裡並非人機能負擔成本探勘的領域，因此無法打撈。」

也對，正是因爲負責機船理賠的保險公司無法負擔這種形式的打撈調查，才會派菁英專員來對我問話。

邊聽著麥姐對機船下落的描述，我不自覺地捧著胸口。

那份灼痛感仍在肌膚上蔓延遊走，機船墜毀時的情緒緊緊傳進我心裡。機器的情緒，確確實實存在，這點光憑我的自身感覺，就再清楚不過了。

「好，我的下一站是要去拜訪警長。」麥姐似乎確定了什麼，忽然起身。

「哦！您問完啦？」我理所當然地送客到門邊。

麥姐回過頭，若有所思地掃視著我的表情。「妳，有什麼話對我說嗎？」

「沒有。」

「很好。」麥姐露出微笑，這是我第一次看到她的笑——彆扭，但有些可愛。

「接下來我要說的事情，妳別太驚訝，也別裝傻。」

麥姐的尖鼻子往我貼近，柔聲地說：「我知道，妳感受得到那艘船。」

我當然吃了一驚，心臟如被閃電轟過般。

「不必在意。」麥姐望著我的眼睛。「因為，我也跟妳是一樣的人。」

＊

「如果妳願意認識我的世界，今晚到這裡找我吧！」臨走前，麥姐塞給我一張紙，要我到某個地址去。

而我又怎麼能不去？

「跟我一樣的讀機人，究竟擁有什麼樣的能力？跟我有什麼不同？既然立足點一樣，一定能心靈相通吧……」

整個下午，我都想著這些，手邊雖然協助母親進行喪禮的籌備，卻心不在焉，無數個問題盤旋在我的腦袋。

一直以來，我知道麥妲有那麼點特別。

訪談中，她一定是從我的語言與肢體動作中，知道我在父親機船墜毀的那瞬間，感覺了易於常人的痛楚……

「我找到跟我一樣的人了。」我傳訊息給工作中的萊因。「是我從小時候就認識的長輩。我要去見見她。」

雖然萊因一向排斥讀機人相關的怪誕訊息，但我不願對他隱瞞，決定還是先報平安。

好不容易找了其他藉口暫時離家，我搭上原子造型的磁浮電軌車來到陌生的街區。這裡一看就並非人們常去的住宅區或商區，而是由一處處建築在山壁的舊工廠所組成的深色屋頂工業區，較新的高級廠房則以白色堆疊，於山壁上呈現黑白交雜的斑馬圖樣。

我徒步往上走，攀住垂直步道，搭著一台又一台的電梯，筆直往上，朝麥妲給我的紙條地址尋去。

灰濛濛的傍晚天色，配上一片墨綠色的鋼鐵森林，工業區的氣氛，並不會讓我不舒服，因爲這裡處處都傳出機械規律工作的穩定聲音，跟萊因的心跳一樣讓人安心。抬起頭，我看到大大小小的機械手臂與空中圓盤機器人都在自己的軌道上，精準地自主操作著任務，讓整片天空傳遞出另一種生氣盎然的熱鬧感覺。

看吧？我並不是一個人。而且，我正要前往認識新夥伴。她也是個讀機人，對於讀機人的世界先我二十年踏入，一定能給我許多收穫。

「說不定，她也能幫我解答有關媽咪與父親機船的問題……」心中堆滿了期待，映入眼簾的門牌號碼，不出預料地，是個寬大的舊鐵工廠。

前門上了鎖，掛著「有事請走後門」的手寫牌子。我正打算循著牌子繞工廠外圍找入口，一個聲音卻忽然響起。

「請問是凱兒小姐嗎？」是個讓人放鬆下來的可愛女童聲。聲音來源在哪呢？我轉頭找了老半天。

「我在這裡。」低下頭，原來說話對象在我腳邊！她是個散發出瑩藍色光澤的圓盤機器人，擁有流線圓潤的蛋形身體與八隻蜘蛛般的機械腳，腳部是招搖的粉紅色金屬。

「嘿！小不點！」我覺得她真的好可愛！

「凱兒小姐，請跟我來。」粉紅小蜘蛛說：「我叫粉粉，歡迎妳來，我的姊姊麥姐，已恭候多時。」粉粉翩然轉身帶路，親暱語氣中的「姊姊」，讓我掛起驚訝的微笑。看來，把機械當家人稱呼的，並不只有我一人。麥姐與粉粉也互稱姊妹，讓我胸口泛起溫暖。

我們從一處種著滿滿藤蔓充滿綠意的小步道，與工廠擦身而過，緊接著，粉粉帶我走進樓梯上的小木門。

放眼望去，裡頭是將近一百坪毫無隔間的舒適居家環境。

地毯、沙發、廚房、客廳都沒有牆，直接隨性地陳設在空間里，唯有衛浴則自己築了一面舒適的木牆，依偎在工廠一角。

「這裡就我自己一個人類住，其他都是我收養來的兄弟姊妹。爲了自己與機械孩子們的活動方便，就不設隔間了。」麥姐用我從未看過的親切微笑迎接我。

「粉粉是我從廢棄回收工廠中拾回、修復好功能的清潔機器人。」

「好厲害……」

「還好啦！妳不也能修復機器與飛船嗎？」麥姐理所當然的肯定之聲，讓我有些不好意思。

是的，但我一直以爲，那些機器本身沒有毀壞，只是需要重新設定罷了。常有攝影師朋友找我去「幫忙看看」各式各樣的攝影與剪接高低階器材，我也修好過桑楚的機船「菲利浦」，更不用說鄰居們也常找我去設定家中的投影娛樂設備……

以前，萊因總會說「機器就是喜歡妳」，而我一直以爲這跟讀機人的能力完全沒關係……

腳邊一陣「嘎嘎嘎」作響，眼前來了一架如吊燈般明亮燦爛、以毛蟲爬姿緩緩駛來的機器人，手中盤子上，放著要給我的咖啡。我正驚訝自己從未看過這種外型的機器人，麥姐就用歡愉的笑容一一向我介紹。各形各色的機械熱情地包圍著我們，有些能說話，有些具有類似人形的外表，有些是一隻機械手臂，有些則是會以人類歌聲回應問題的點播機。

雖然機械沒有表情，但我從它們柔軟輕柔、具有彈性的肢體動作與說話語調察覺到，它們都是真心地在服務著，像打從心底爲自己能以這種形式重生而開心。

透過麥姐的讀機能力，這些被人類利用殆盡、轉而拋棄的機械，才能被再度修復、珍視，進而找到自己棲身之所。

不苟言笑、與人類互動僵硬的麥姐，在機器之中自在走動、叮嚀吩咐的模樣，的確像它們的姊姊般。

看著麥姐與她的機械夥伴，我想，人類與機械原本就該是一家子。毋庸置疑，機械原本就是人類發明出來的產物，何以不能被當作我們的孩子對待？

「現在，該妳了。」麥姐親熱地拉住我的手臂。

「咦？」

「讓我看看妳的能耐吧！」麥姐神祕一笑，將我拉進了電梯隔間，地板緩緩下降。

原來，我方才進入的是麥姐作爲住家環境的二樓。現在我們則藉由電梯，來到漆黑的一樓。而這裡，就真的是作爲工廠用途的空間了。

燈一開啓時，我發現整棟工廠擺設了許多殘破靜止的機械。有大型的飛船，有一兩個世紀以前的各式報廢汽機車，也有小孩子使用的機械褓姆。

我一眼就望見那張機械褓姆的臉。

它有著一貫中性的機械臉蛋，長得雖然比我記憶中的媽咪先進許多，已經擁有更細緻的幾何五官，但它靜止不動的神韻，則讓我瞬間紅了眼眶。

這個機器人在十幾年前，一定也曾被自己服務過的孩子喊過「媽咪」吧……我忍不住蹲下來，觸撫著機器人滿經風霜的臉龐。

就在這瞬間，一連串的影像映入我的腦海。我從未看過的面孔、聽過的聲音，全都排山倒海地將我的心靈瞬間吞噬……

「來喔！祝你生日快樂、祝你生日快樂……」一家子團團圍在桌邊慶生合唱，機械褓姆端著蛋糕朝小男孩微笑。

「阿比，不要玩了！洗手吃飯，媽媽在這裡等妳！」母親在廚房口喚著。

「我要跟小機玩！」

「不行，先吃飯再跟小機玩！」

「爲什麼？」小男孩拉住機褓姆的手，充滿了深深的依賴。

「凱兒！沒事吧？」麥姐的一聲詰問把我的魂都喚了回來，目光好不容易再度聚焦起來。

原來，我剛剛看到的……是這個機械褓姆的記憶。

「你的名字叫『小機』啊？」我摸了摸靜止不動、近乎死去的機械褓姆身軀，眼淚流了下來。「都過了這麼多年，你還記著……還記在心上……」

「妳剛剛展現的視覺記憶能力，是讀機人罕見的高階能力喔！」麥姐用驚奇、但也擔憂的表情瞧著我。「不過，看樣子這種能力的確很費神。妳似乎還無法精準控制自己潛入機械記憶的深度與廣度……」

麥姐遞了張面紙給我時，我才發現，自己的嘴唇與鼻子都溼糊糊的一片……

原來，我身體負荷過大，鼻子不自覺地流了好多血。

「看來要進入讀機人的生活，得先準備豐沛的血量和營養啊！」我苦笑地自嘲道。

十、終於聽懂的呼喚

「別太在意了。」麥姐用冷靜的語調安撫著我。「妳還不會控制自己的讀機能力，遇到這種執念很強的機器，難免會暫時被吸引住，無意間耗費太多心力。」

「『執念』？」我對於麥姐的用字遣詞感到欣賞又好奇，因為她跟我所認識的人們完全不同，將充滿人性的「記憶」、「情緒」、「執念」使用在機器身上時，麥姐總是眉頭不皺一下，唯有堅信自己所行所言的人，才有這種氣勢。

這樣的麥姐，當然讓我心生敬意。

「通常，機械的執念除了製造廠商投入的用心外，被使用者首次充電、開機使用的那刻，就開始了。」麥姐說著，臉上浮現了十分具有女人味的細緻表情。「當然，根據使用者是否給予它們愛與感謝，也會影響到機械的執念。我也遇過回收場中保存良好，卻始終無法回應我話語的機械……它們的心，在不被感謝的那一天起，大概就已經死了。」

通篇言論中充滿了「愛」、「心」等使用在人類上的字眼，對我來說卻完全沒有違和感。

我十分認同麥姐的每句話，也自覺對讀機人的領域知識完全不足。

「現在，再讓我看看妳的能耐如何？」麥姐對我露出鼓勵的一笑，指向工廠中大約十數台、傾倒殘破的廢棄交通工具。

「什麼意思？」我完全不懂麥姐要我做什麼，只覺得一陣緊繃。

「試著喚醒這裡的機械吧！盡自己所能，不用勉強。」麥姐雖然這麼說，我卻不想讓她失望。

但是，在能力卓越、又懂得使用同理心對待機械的麥姐面前，我對於自己能做什麼根本一點自信也沒有。

「我不行的啦！」我尷尬地一笑。「這些汽機車、機船的功能本身都已經殘破不堪了，別說用我的讀機能力發動了，我看啊！要我直接用人力都不可能推動……」

「不，妳可以的。先前也說過了吧？妳修復機械、器材的能力一直都有在使用，現在是妳大展身手的時候。」麥姐溫和的語氣中，帶著強烈的要求意圖。

我忽然有種預感，倘若在此刻我不全力以赴，也許自己與麥姐的距離就越來越遙遠。在這片混沌不明的讀機人領域中，麥姐是我尊敬的前輩，我當然應該全力以赴！

我望著倉庫中數十台跨越新舊時代的交通工具。各式各樣的機汽車、機船，它們有些傾頹歪倒，有些殘破又堆滿灰塵，顯然被麥姐收集到這裡很久了，卻始終呈現著廢五金的狀態。

「醒來吧！」我閉起眼睛，雙手握拳，比以前更認真地釋放出自己的意念。這次不再只是幫朋友們修復東西那麼簡單，我跟這些機器毫無感情，也沒有過任何羈絆，但就在我閉上眼緩緩自言自語的這瞬間，一連串的影像如瀑布般沖進我的腦海。

各種行駛在道路上、飛行於空中，甚至在山壁上撞毀的驚悚畫面接連襲來，我跪倒在地上，抱住劇烈發痛的頭部。

這一定就是這些交通工具們，被人類最後一次使用時的情景。我可以感覺到它們有些是害怕錯亂的，但我仍堅持著與它們溝通。

「告訴我更多你們的事，愉快的事、載著人類奔馳的快樂場景，你們一定還記得吧？」我喃喃自語，感覺方才的鼻血已經再度溢到唇邊，不過，我不在乎。

「醒來！」

腦海中忽然竄進了數道陽光，幾個素昧平生上個世紀的人類臉孔，闖進了我的視線。

「這輛車很酷吧？我新買的車！」男孩對著眼睛發亮的女孩炫耀地說。

「爸爸，謝謝你！」揹著書包的小男孩站在校門，對著車窗內的爸爸揮手。

「飛啊！自由號！帶我們穿過國境吧！」穿著軍服的士兵們絕望地在機艙中大喊，後照鏡浮現出緊緊追殺在後的空中軍團……

「醒來啊！求求你們！」我大喊一聲，身心都已到了極限。此時，一連串的喇叭聲與引擎啓動聲，如雷聲般轟然響起。

我睜開眼睛，只見到麥姐驚訝的臉龐上，出現了擔心我的神色。

「妳成功了！」她將我扶起，肯定地說。

眼前頓時充滿一片驚人的光亮，銀白色、鵝黃色的光束幾乎讓我盲了眼。各式汽機車的眼燈與機體的照明燈，接連亮起，從眼前一直亮到倉庫的盡頭……

我竟然發動了倉庫內的每一台交通工具……

冷汗直流，我這才發現自己的衣服與髮絲都被汗水沾濕，眼妝也溼糊成一片，原本止住的鼻血也再度湧出。

倉庫傳來震天的熱情喇叭聲與警報聲，像機械們甦醒之後的熱情回應。不分汽機車或大型機船，全都一一閃著燈，悅耳磁性的引擎聲接連轟然響起，如合唱團的分部和聲般精準。

「這就是……我的能力？」我驚慌地望向麥妲。

「妳讓這些機械回憶起它們對人類的效忠，妳讓它們再度感覺自己被需要，它們是因爲妳才醒過來。」麥妲慈藹地替我撥開汗溼的髮絲。

「妳真是我看過最天賦異稟的讀機人……」麥妲苦笑道。「說真的，二十多年前，在我意識到自己是個讀機人後，我很驚慌害怕，因此也積極尋覓過不少讀機人，想要從中得到更多這個世界的知識。我遇過很多讀機人，有些終其一生都在修復與製造機械，匠心獨具，卻不知道自己有何種能力。而大部分的讀機人都過著十分低調的生活，害怕自己的能力被世人發現……但也有少數的讀機人，會製造機械動亂，甚至從事軍武工作，無意間傷害了許多人民的安全與利益……」

麥姐的表情十分複雜。我想，她一定是將自己的青春全部投注下去，才換來這些經驗與見聞。

「我身爲機械製造公司的保險調查員，能夠接觸到許多人。」麥姐說：「大多數的讀機人遇到像妳方才的情形，絕對不會用『醒來』、『起來』這種字眼，他們只會盲目地說著『開機』、『發動』、『啓動』這種人類擅自加在機械上的冰冷用詞。當人不將機械當作夥伴看待，它們能回應的也有限。」

我點著頭，心中湧起一股優越感，卻也對眼前全力回應的機械們，心存感謝。它們每個都有著自己的過去、自己的故事……

就跟我和麥姐一樣。

＊

麥姐先扶我到沙發邊坐下，把冷掉的咖啡移開。此時，燈罩機器人如毛毛蟲般穩定地爬行過來，遞給我一碗摻著湯圓的熱騰騰紅豆湯。

我驚呼道：「天啊！妳家機器人，該不會還能料理吧？」

「不稀奇啦！只要市面上有料理機器人，我的機器人就能料理。是吧？毛毛？」麥姐微笑一喚，燈罩機器人就閃了閃燈回應。

「對了，我很想知道，妳方才除了對它們說話外，是怎麼跟它們溝通的？」麥姐又問。

我告訴她，閉上眼時，我甚至能看到影象。

「很好，所以妳連機器的記憶也看得見，真的是百年難得一見的讀機人。」

「別再誇我了，我都渾身不對勁了。」我哈哈笑著，心底也掛念著倉庫中的那些剛被喚醒的交通工具。「所以，妳會怎麼使用這些交通工具呢？」

「我都是這樣的，修好機械之後，用不著的，當然就直接上網捐贈。這些機械都還能再使用個三五年，對於低收入戶或者其他需要交通工具的慈善單位來說，都是求之不得的禮物。」麥姐臉上掛著智慧而溫暖的淺笑。

我聽了更加佩服，也上了一課。

「這些機械，光要我一一喚醒它們並請技師來檢查機能，就要花個一年半載，沒想到妳竟然能一次就發動它們全部！」麥姐又誇著我。

「沒有啦！我能做的也有限，後續需要技師做物理性的檢查與修復，才是關鍵啦！」

此時，我的手機傳出萊因的訊息。

「糟了，已經這麼晚了，我的男友會在空中電軌電車站等我，一起回家。」我開口向麥姐告辭。

「當然當然，謝謝妳特地過來！也歡迎妳再來。保持聯絡。」麥姐和她的蜘蛛圓盤機器人「粉粉」一路送我出門，還與我交換了手機號碼。

臨走前，我的目光再度落到方才初進門時所看到的那個舊機器裓姆身上。與我們家萊姆綠的機裓姆媽咪不同，眼前這台機裓姆擁有橘金色的外型，斑駁又充滿風霜的外表上，仍能看出往日的風光模樣。

「試著喚醒它吧！這台機械，我怎麼樣都叫不醒，但剛剛看妳很輕鬆地就讀取到它的回憶了，應該不難喚醒。」麥姐微笑地鼓勵我。

「不了，我今晚很累了……」我雖這麼說著，自己心底當然也挺希望這台機械褓姆，能夠活過來。

不過，無論我怎麼閉上眼睛試圖與它的記憶連結，甚至用手柔柔地觸摸它的頭部與胸口……

這台機械褓姆就是不肯發動。

「大概是真的故障了吧！」麥妲聳聳肩。

「唉！對呀！可能有什麼致命的故障，需要物理上的直接動手修復。」我回頭告辭。

明明已經轉過身去，卻又感覺腳步沉重。我的背部彷彿感覺到一股股切的視線，心底怎麼樣也放不下那台機械褓姆……

「可以把它給我嗎？」這句話脫口而出時，我自己都覺得唐突。

「可以是可以，但妳要怎麼移動它？」

不能動的機械，只是一團沈重又礙事的廢金屬，機械褓姆少說也有三四十公斤，我根本不可能搬著它走回去。

明知道接下來的作法，會給我招來很多麻煩與不必要的「關心」，但我還是做了個決定……

我打電話給萊因，請他直接開船到麥妲的倉庫外接我。

果不其然，萊因雖與麥妲友善地握了握手，回程的路上卻接連問了好多問題。

「妳非得現在去找讀機人不可嗎？」

「妳們都談了什麼？」

「妳看起來快累昏了，為什麼還突然要帶一台啓動不了的機械褓姆回來？」

我一路裝睡，回答得迷迷糊糊，在我與萊因合力將褓姆「搬」到爸爸的舊寢室地板上後，這天才終於落幕。

意識朦朧之中，我做了個夢。

＊

「凱兒，今天我也帶妳飛行了。

這次我們飛得比較遠，途中我聽妳說了許多學校的趣事。講到學校裡來自不同文化的朋友時，妳的表情總是這麼地驚奇又快樂。妳就是這麼個不會去嫉妒他人，總是能打開心胸欣賞世界各種族群的孩子。

距離妳失去左耳聽力已經有一段時間，還好妳天性樂觀，適應電子耳的情況也很良好。大部分的時間，妳都歡笑著，讓我看在心底覺得開心。

妳一定覺得，爲什麼媽咪能感覺到開心呢？

雖然我被廠商設計來感受人類的情緒，但在表達開心這件事上，卻有所不足。我的五官很簡單，無法像妳那樣笑得美麗又精緻。

不過，光是能像人類一樣寫寫信，我就很滿足了。

希望未來，我現在寫下的文字也能傳達到妳心底。我們經常對於未來有過度的期待，但有時候，那份期待，來自於我們對於當下的「相信」。

我們可以預先爲未來去做很多事情，因爲我相信妳能做到許多我可能無法辦到的事。

這一兩年來，媽咪在語言功能的表達上越來越退化，對妳說出的每一字每一句越來越簡單，我也會覺得不安。

也許有一天，我會衰弱得無法說話吧？萬一連重要的事情都無法傳遞給妳，那該怎麼辦呢？萬一說了太多，替妳惹來麻煩，那又該怎麼辦？

於是，我開始學會寫作，爲未來而寫。

「爲了被我們看見，星星們才提前閃耀著。」今天飛行時，妳說了這句我很喜歡的話。

是的，就像我們飛行時所看到的璀璨星空般，其實星星都是從好幾百萬、千萬年前就閃耀著，而我們看到的光芒，是過去的它們，所提前散發出的生命。

「提前」、「預先」，這些日常生活中較少使用的字，是媽咪每天趁妳睡著時，在網路上學會的。我也在網路上學會如何寫作，這樣才能在語言功能退化故障的未來，也能對妳說話。

晚安，凱兒。願我們今晚看見的星空，也常存在我們的未來。

希望我也能那樣提前閃耀著，讓未來的妳在夜空中看見。」

——媽咪，寫於凱兒八歲的盛夏七月十一日。

十一、等待

平常都是母親在廚房煎蛋的香氣將我喚醒，今晨不太一樣。在視覺未完全適應太陽光之前，首先進入鼻腔的，是香醇的咖啡香。

我知道是萊因在泡咖啡，耳畔也聽得見他刻意放輕的腳步聲。

「我也要……」緩緩起身時，我任性地要求道。「萊因，拿來床上給我啦！」

一陣喀拉喀拉的規律聲響，緩緩軋過地板，朝我筆直前來。

這聲音我曾經聽過，就在這房間聽過，但……那是幾年前的事情了？

一睜眼，昨晚帶回來的機械褓姆沒好好地躺在地板上，此刻竟然手中端著咖啡杯，專注地用圓滾滾的發亮眼燈望著我。

「咦！」

「咦什麼咦！妳不是昨天把它修好了嘛？」頸上掛著毛巾的萊因從浴室探出

來，一臉苦笑。「妳半夜掉下床，伸手在機袢姆身上亂摸，還說了一堆夢話，然後這傢伙忽然就自己開機了。大概因爲太久沒啓動，它還冒出了一點運轉不順的怪煙。我怕煙味驚動你媽，就先把它帶到陽台去了。」

「天啊！我怎麼都不記得了！我的腦子是出了什麼事啊？」我掩面大叫，雖是對萊因感到抱歉，心底當然也充滿驚喜，沒想到喚醒機袢姆，並沒有很難。

「請用，咖啡。」機袢姆對我露出玩具般的純真微笑，我這才很不習慣地伸手，從它的機械小掌中接過咖啡。我這才想起，這台機袢姆有名字，叫做小機。

「小機，謝謝你喔……」我拿捏著是否該用對孩子說話的語氣，和小機溝通。

「妳怎麼一臉很緊張的樣子啊！」萊因從浴室探出頭，爽朗地笑道。

「當然緊張！我十幾年沒跟這種機袢姆相處了，而且我已經是大人了，當然會彆扭啊！」我羞紅了臉，面對家中來了個有生命的訪客，我一時間還沒調適好心情，既驚喜又手足無措。

「小機啊！你……你不用服侍我啦！我們家什麼都自己做的，不然，萊因也會幫我做。」我對眼前這尊橘金色的小機說。

它似乎無法完全聽懂我的問題，微微偏著圓滾滾的金屬大頭。原以爲自己意氣用事地帶回了一個三十幾公斤的廢五金，沒想到它竟然站起來行走，還去幫我泡了咖啡……

我到底是怎麼喚醒它的？昨晚，我夢到的機褓姆，就只有媽咪而已呀！

「還是說，機褓姆的記憶是相通的，而我意外地把你當成了媽咪？」如果是這樣，那對眼前這台機褓姆也不公平。我簡直像酒後亂性、把身邊隨便一個女人當成自己女友的無聊男子一樣嘛……

不過，眼前這尊橘金色的小機，一點也不在意，它的簡單五官只表現出微笑的情緒。

「奇怪了，昨晚在麥姐那裡，我使盡全力都無法喚醒你，爲什麼回家之後反而一睜眼就看到你好好地運作著……到底爲什麼？」

小機只是傻傻地望著我，似乎不理解我的問題。

看來這是台非常沉默寡言的機褓姆，但想到已經沉睡了至少十年以上的它還能再度甦醒，好端端地替我泡咖啡，我已該心懷感恩了。

「我要告訴麥妲，你已經被我喚醒了……」我喜孜孜地想拿起手機說出聲控指令，小機卻像被雷劈到似的，發出一連串高亢的雜音。

「嗡轟轟轟——」如蜜蜂飛行時發出的嗡嗡聲一樣惱人，也像舊時代中的數據機撥接聲般，我只在剪接資料庫中聽過這種詭異的聲音。

「別吵了！你怎麼了啦！」我和萊因接連衝到機裸姆身邊，差點對著它又拍又敲，我嘴裡繼續喚著它的舊名。「小機，你冷靜！」

忽然間，小機又靜了下來，自己運轉到角落面向牆壁。

萊因一頭霧水。「妳剛說了什麼，它爲什麼反應這麼大？」

「我沒有說什麼啊！」

這一折騰，我也忘了自己方才原本要做的事，只希望母親沒聽見聲音，不會進來質問。

「好，趁現在它乖乖的，我們出去吃早飯吧！不然妳媽親自來叫人就慘了！」萊因爽直地拍了拍我的背，把我帶出房間。「萬一它又怎麼樣，我會掩護妳的。」

我們好像小時候撿小兔子回家、害怕被母親責罵怪罪的小孩，一想到這裡，我就忍不住笑了起來。

「昨晚的夢，的確有些我在意的地方。我夢到以前媽咪帶我飛行的場景……」

「那不是妳很常夢見的場景嗎？」萊因微笑。「妳說過，媽咪和妳以前每天的大半時間都花在空中飛行了。」

我回眸對他露齒一笑。

「飛行。」角落裡的小機忽然轉過身，腳底的立體滾軸朝我滑行過來，手臂揮著。「飛行、飛行！」

「哦！你對這字眼有印象啊？」我微笑地摸摸小機那冰涼的頭板。「那我們早餐後就去飛行吧！」

人與機械的互動總是自然發生，就在這個當下，我下意識地將小機當成年幼的弟弟般看待了。

它當然長得和媽咪很像，卻不會給我媽咪的感覺……不過，當我和萊因吃完早餐，帶著小機準備前往市區準備爸爸的喪事用品時，小機又開口對我說話了。

「凱凱。」它使用的正是媽咪的語調。

不得不承認，我起了雞皮疙瘩。

＊

寧靜的風道中，機船筆直前進著。因爲爸爸的喪禮就要到了，得採買的用品很多，也需要請專門的殯喪運輸船來把爸爸的恆溫冷藏棺木移到火化處理中心去。

窗外一片晴朗，彷彿爲喜愛飛行的人量身打造過。

我還處在被媽咪音調呼喚的驚嚇中，望著若無其事、讀不出情緒的小機。

「它叫妳『凱凱』耶！爲什麼它會這樣叫妳？」謝天謝地，駕駛座上的萊因很驚喜，倘若他此刻的情緒是惶恐的，那我恐怕會更有罪惡感。

小機之所以會用媽咪的語調與暱稱叫我，會不會是我讀取它的記憶與情感時，也一併把我自己的過去「交換」到它的記憶裡了？

身爲讀機人已經是件讓我坐立難安、憂喜參半的事情，眼前又多了個怪事要解決。大概因爲機體有部份受創，除了語言能力受損、無法說出完整的句子之外，小機的情緒表達能力也沒有當年的媽咪那麼優異。

我看著它空白的五官，真的不知道它爲什麼要忽然喚我的名字，小機似乎只是隨口喚著而已，隨後便說出幾個生硬的片語。

「檔案，看檔案。」

「什麼檔案？」我有些不耐煩。「你說的話應該都是有意義的，對吧？如果你只是拿我尋開心，我會生氣喔！」我用教訓搗蛋幼兒的語氣，對小機說。

不過，小機並不是幼兒，它一定也不覺得惹人類姊姊生氣，會很可怕。

小機甚至還舉起圓柱狀的金屬小手掌，往我的背包亂掏。「檔案，有檔案。特地放過來的檔案。」

「什麼啦！我的背包哪有什麼檔案，你不要碰！」我皺眉罵道，但爲了瞭解小機真正的意圖，我還是乖乖拿起背包翻著。

化妝包、面紙、手機，禦寒的圖騰針織圍巾，大概就這幾樣東西，根本不可能有什麼檔案啊！

萊因也興致來了，邊握著方向盤邊幫我出主意。「啊！它該不會說妳手機裡頭的檔案？」

「手機！手機！」小機像是忽然想起來世界上有手機這個名詞似的。真是的，這不是一百多年前就有的產物嗎？

我臭著臉拿出手機。「怎麼樣？什麼檔案啦？」

「瀏覽，瀏覽檔案。播放檔案。」小機還在一旁碎碎唸。

「好啦！好啦！什麼檔案？」我無奈地嘆著氣，手指滑向檔案庫，也對雲端硬碟帳號開啓連線。

「哈哈！妳好像被小孩纏上的媽媽，太好笑了！」萊因在一旁狂笑。

小機這種看似無厘頭的行徑，讓我想隨便配合過去就算了。不過，就在此時，我發現了前幾天從爸爸機船上備份出的兒時錄影檔案。

「是這個嗎？」我望著眼神殷切、眼燈發亮的小機，對手機唸出聲控指令。

「『播放檔案』。」

立體投映視窗躍現在膝前，我與媽咪的生活互動影片播放著。

我溫馨地笑了。坦白說，自己真的很慶幸能從爸爸即將墜落的飛船上，備份到這些媽咪替我拍的影片。

我的手機裡也一直存著十幾年前媽咪寫給我的信件與筆記，不過，我從未意識到這些東西除了紀念自己曾被愛過之外，還有什麼額外的功用。

「喂！小機！」

小機竟然趁我不注意時拿走手機！

「檔案零零一六。」小機對手機擅自發令道：「播放。」

躍於眼前的視窗中，入鏡的是媽咪的機械手掌，如記憶中的一樣，它轉動著方向盤，熟練地駕駛著機船。媽咪的攝影鏡頭位於頭部，因此還能一手持著方向盤，一手偶爾伸過去安撫年幼的我。

當時窗外的景緻，是一片壯麗且無人居住的山壁。以往，媽咪攝影鏡頭中的主角一向是我，但在這部影片中，它卻一直拍攝著山壁的方向。銅紅色的峽谷與不時震盪的鏡頭，顯示出拍攝時、船體正遭遇極大的晃動。

「媽咪，好可怕喔！」影片中的小女孩，也就是當年的我，如此驚呼著。

「不怕不怕，媽咪技術很好，對嗎？」

「對！」小女孩不加思索地答。「可是，爲什麼媽咪不專心開船，還要拍影片呢？」

「那是因爲，給將來的妳做參考啊！」媽咪說。

「爲什麼要做參考呢？」小女孩問。

「因爲……媽咪，有一天，可能會到一個很遠很遠的地方去，但我會在那裡等妳。」

一陣劇烈的晃動，影片停止在這裡。

我和萊因面面相覷。

「妳記得自己當時在那麼危險的地方飛過嗎？」萊因震驚地說。「爲什麼妳媽咪要常常帶妳飛行？普通時候的機祼姆和小孩的活動範圍，不都是在家裡，頂多去市中心買個東西……哪裡會去什麼無人峽谷啊！那個震盪程度，那種風景，已經到了極度不正常的地步了！」

「我也不知道……」大概是因爲每次飛行總有媽咪在一旁安撫解說，我也只享受壯麗的美景與飛行的快感，根本不覺得害怕。

也因此，我才會對這影片的內容完全沒有印象。

我望著小機，它之所以要我看影片，難道就是要告訴我這件事？小機又爲什麼知道，媽咪給我錄影以及影片已從爸爸機船轉存到我的手機中呢？

「小機，你到底想告訴我什麼？」我激動地抓住它的肩膀。

老是一直尋找答案，卻始終弄得自己更加迷惘……我受夠了！

「媽咪，在影片裡。」小機只說了這句讓人匪夷所思的話，就不願再給出任何情報。

我與萊因將機船停靠在一旁，將影片傳輸到萊因的機船正前方的駕駛窗，直接放大影片，重新看了一次。

「這裡是哪裡呢？」萊因煩躁地搔著自己的一頭金髮。「哎！如果有時間去調查這裡就好了，妳爸的喪禮馬上就要到了啊！」

「我工作室的檔案庫裡面有場景素材，也許我回家之後用智慧視訊剪接工具快速篩選一下，就能比對出影片的地點了。」

母親打電話來，問我們事情辦得如何，我與萊因只得火速趕到市中心採買。

途中，小機不發一語，只是盯著我，又瞧著我的手機。

「怎麼樣?有話快說！」我質問道。

小機一臉無辜。「沒有新的話要說了……」

十二、葬禮的插曲

我們趕回家時，教堂人士、靈柩運輸船都已經到了，整個家門上的停機坪，再度被大小機船擠滿。賓客湧入後，也有人將機船借停到鄰家周邊，霍瑪克人雖然傳統，卻也在關鍵時刻展現寬容大度。

因爲教堂剛好整修，我們只能在家中舉辦送行禮。雖先前弔喪時人很多，不過由於這次母親選在平日舉辦喪禮，能來的人數自然稍微少了些。

我一下船就忙著和萊因搬東西，狼狽地一面和熟人長輩打招呼。拜爾警長也露面了。

「爲什麼你們這麼慢才回來？喪禮都已經進行到最後關頭了，還是這麼不中用！」母親又數落我好幾句。「想讓我在賓客面前出糗是不是？我知道妳恨妳爸，但也用不著用這種方式抗議吧……妳都幾歲了！」

母親不是第一次把話說得過份，但她指控我恨爸爸，這就超出我能容忍的範圍了。

我一面冷靜地關起廚房的門，一面回嘴道。「如果妳對這種程度的感情認知就是『恨』的話，恨爸的人不只我，妳也是！從以前到現在老愛對我說他多不好、多惡劣……難道用這種想法準備出的葬禮，爸在黃泉就會幸福嗎？」

「妳這種對家裡一點貢獻也沒有的人，少自以為是跟我說教！」母親的高分貝尖叫，我想外頭都聽得很清楚，但真正讓我難堪的，還是她的指控。

打從學生時代開始，每一天唸書衝刺時，耳邊伴隨著不是音樂，而是爸媽的吵架聲。住校之後，我還是盡可能地回來，而母親一面鼓勵我出社會之後要追求夢想，卻也每次都埋怨我久久才回家裡一趟。

也許，我們內心深處都曾經希望，彼此之間能回到還有媽咪陪伴、做為情感潤滑劑的日子。那時我太小，一切太圓滿了，除了爸爸的惡言相向以外，我要承受的痛苦，也還很少。

「反正都給妳說就好啦！我怎麼做都不對啦！」強忍住委屈淚水的我，搶先母親一步離開廚房。

「怎麼了？」萊因也非常清楚又是母女吵架，但他的輕聲問候，總讓我感受到晴空般的溫暖。

「沒事，我們趕快把給賓客的『去穢餐』端出去吧！」我苦笑道。

請賓客吃「去穢餐」，是霍瑪克喪家的禮俗與誠意，爲了感謝他們遠道來參加葬禮，並希望喪家的不幸氛圍別跟著他們回家，我們做喪家的，便會端出簡樸但口味用心的去穢餐。

我和萊因一一將餐點端到公用大桌，提供大家小盤子分取。母親的手藝沒話說，賓客帶著微笑邊敘舊邊吃完。在此同時，教會的聖歌團也進來輕柔吟唱，總算讓我有稍稍鬆了口氣的感覺。

母親又追了出來繼續唸我，以往想回嘴的我，在賓客面前也勉強收起臭臉，微笑地說自己知道了。一方面，我也怕被暫時關在房間內的小機，聽到騷動又想出來湊熱鬧。

「凱兒，我有件事情想跟妳說，不曉得會不會失禮，是關於案情的事。」拜爾警長與一個資深女警將我拉到一旁，先是客套幾句，隨後就切入主題。

我急忙揮手要萊因也過來聽。

「你們認不認識桑楚這個人？」

萊因的臉色綠了，我勉強點頭說：「認識。」

拜爾警長點點頭。「那好，他昨天向我們呈報一則線索，說是有找到起先攻擊妳爸爸機船的綠色船隻。但工業機船的行徑與目的，以及機船如何被移動來移動去，這個我們不曉得；至於誰下了指令讓妳爸的機船自動駕駛……這個我們也還在查明。畢竟機船已墜毀，實在不好查了，機船製造商與保險公司提供的資料也讀不出什麼。」

我感到非常驚訝，原來疑點重重的桑楚，竟然默默替我們追查案情……

「別高興得太早啦！桑楚是記者，查東西本來就是他工作的一部份。」萊因冷冷地替我打了個預防針。

「那，桑楚說的綠色船隻，是屬於什麼單位的？」

「桑楚從其他船的路徑記錄器中，找到那艘船的側拍。」旁邊的資深女警遞給我一張監視器畫面的灰色截圖。

「嗯！那晚攻擊我爸機船的，的確是這艘沒錯。」我點頭，望著這張驚鴻一瞥、被其他船尾部監視器所拍到的照片。

「我們查了它的編號，發現它五年前停產了，但似乎受改裝成先進的機能。這種武裝機船都需要執照，但執照資料已經被吊銷，資料庫也說船已經報廢五年，應該進報廢廠化爲灰燼了。」警長皺著眉頭。

「也就是，機船中的幽靈人口囉！」萊因苦笑。「真不知道是誰這麼無聊。」

「好了，我們的線索就掌握到這些，因爲知道妳很快就要回城工作，怕到時候又要找妳出來看資料指認，才必須在妳爸的喪禮說這些……不好意思。」警長紳士地道歉，我則感謝地點著頭。

「真的很謝謝您的用心。」

「沒問題，我們會繼續追查的。另外，凱兒，這是妳的包裹吧？」拜爾警長說。

「我剛進門弔喪時，在信箱看到的，順手拿給妳。」

「哦哦！勞您費心了，謝謝您。」我走到角落沙發坐著，拆起包裹。

原來是電子耳的廠商，將前陣子使我幻聽的電子耳寄回了。因爲最近事情太多，我一直遲遲不去取件，他們才改以投遞的方式送回。

「妳這個過份的客人。」萊因虧我道：「說什麼『很急』、『要檢查但不要擅自修理』，要人家打電話跟妳回報，結果又不去拿包裹……」

「對，我真的很過份。」我認同地苦笑。

拆開包裹，看到被防撞護套包得好好的電子耳時，我內心泛起一陣感謝。

我不僅感謝這只電子耳陪我走過多年的歲月，見證我一間間學校地唸、甚至出了社會、從新鮮人蛻變爲能掌握自己工作的攝影師……我也感謝製造電子耳的廠商，充滿責任感的態度。

總之，電子耳沒故障。我聽到的呼喚，或許就是喚起我讀機人能力的聲音吧……

彷彿巧合似的，當這個思緒滑過腦海時，牧師已經請大家起身集合到棺木前，而我在人群中，看到麥妲正友善地對我招手微笑。

我湊到她身邊。「嗨！謝謝妳來，抱歉我剛剛沒注意到妳。」

「從妳小時候就來拜訪多次，這次當然也不能缺席囉！」麥姐遞上一束代表致敬與哀悼的白色百合花，香氣撲鼻，也讓我感受到如姊姊般的溫暖。

「謝謝妳，從以前就常因爲媽咪故障而登門拜訪，又爲了媽咪退休報廢的事情替我們家奔走，爭取回收費。」當時正逢初代的機褓姆退役期，政府制定了許多複雜的法案，從報廢條件到回收費用、保險理賠等等均有規定，因此我記得身爲與機褓姆公司長期合作的保險專員，麥姐很常來家裡做訪問、跑手續。

「凱兒，小機跟妳回家之後，一切還好吧？真虧妳有辦法把喚不醒的它搬回家。」

我壓低聲音。「對啊！不過，先保密啦！我男朋友還不知道我有這種喚醒能力……我也還不知道該怎麼告訴他。」

「水到渠成，有一天他會懂的。」麥姐露出長輩的姿態拍了拍我，我倆交換了一個充滿默契的眼神。

人群開始吵雜地朝棺木聚攏，牧師正在用瓶中的聖水淨手，母親也憔悴地站在牧師旁邊，手中拿著小十字架。

「奉主之名，讓魂魄追隨山嵐而去，在雲海那頭的天國永住，無憂無慮。」

牧師唸完幾段禱詞之後，原本以為自己能平靜面對的我，卻流下了眼淚。

終究是自己的父親，雖然我的心底懷有從小到大的許多不好的回憶，但也是因為惦記著父親的愛，我此刻才會在這裡。

萊因緊緊地在人群中握住我的手，母親也依靠在他的肩上哭泣。我們三人跟著牧師與被搬動起來的靈柩，乘上了教會派來的運柩船，準備前往火化場。

窮困的霍瑪克人，是沒有墓地的。我們連土地上的房子都住不起，才會住到山壁上。

如今峽谷深處的地面上只有一大片舊世界的遺跡，不論以危險程度與法令限制來說，都不可能下去進行任何活動。而我們死後也一律依法火葬，將骨灰投入無人峽谷的風中，或收容在自己家的靈堂裡。若沒有靈堂，那麼其實任何自家人認為適合的地方都可。我們就是這麼隨意的民族，因為，失去陸地的生活，早已讓我們變得更加無拘無束。

當我們將爸爸的骨灰甕拿回家時，賓客也在喪禮司儀等人的主持中一一離去。空蕩蕩的家，只有桌上的空餐盤還留著，卻讓我感到分外輕鬆。

一進門，我就換下高跟鞋，穿回自己的流蘇短靴。

「骨灰就放在客廳的書櫃底層吧！」母親也收起了悲愴的神色，務實地指揮道。

萊因將父親的沉重骨灰甕搬進櫃子中，由我關上櫃門。

好，這麼一來，繁瑣的喪事就告一段落了，我也可以提早結束守喪的日子，只是……該怎麼對母親開口？

就在我拘謹又苦惱，深怕又引起另一場母女吵架的同時……

「妳要吃點東西，再回去上班嗎？」母親脫下黑外套，邊進廚房邊問。光是她的這句話，就讓我感到心靈被觸撫過般，鼻子也酸了。

原來，母親忽然將葬禮提前，也是因爲她早已看不下我整天神祕地忙進忙出，還以爲我是在爲生計苦惱。雖然這代表著她認爲我能力不足、存款見底，但母親的心意，我仍十分感動。

「謝謝妳……」我輕輕地跟著廚房，從後頭抱住母親的肩頭，感受她灰白的髮絲所滲出的香氣。「對不起。」

靜悄悄地吐了口氣，母親也像終於如釋重負般苦笑了起來，雙手洗著菜。

「不用說這些，趕快吃完就趕快走吧！」

她忽然又想到什麼似的，瞪大貓般的眼睛叮嚀道。「我死後，絕對不要跟妳爸爸放在一起喔！」

我揉揉她的肩膀。「好啦！妳說過很多次了。」從小到大我聽過母親不斷對這段婚姻不滿，她總說著自己會先離開人世、卻也平安健康地笑著活到今天了，因此，我不願當個囉嗦的女兒，只是笑著拍拍她的肩，好好地答應她。這就夠讓她安心了。

我與萊因收拾完客廳之後，吃完母親做的鍋燒麵，她便淺笑地送我們出門，要我們加油。

「下次什麼時候回來？」聽起來充滿負擔的一句話，雖然此刻無法回答，但我也決定用笑容回應。

「我會再告訴妳的，保重喔！媽媽。」

母親目送著我和萊因的飛船開走，我朝她招了招手，她便進門了。

「啊！小機……還在我房間。」我尷尬地破壞了原本寧靜的氣氛。萊因則在駕駛座上憋著笑，指了指後頭。

「小機，在這裡。」橘金色的機器人對我傻笑著說。

「很好，我們趕快回我的家，比對一下媽咪影片中峽谷的確切位置吧！」我故作精明地講完，拿出手機又將那影片看了一次。

影片的最後，再度傳出媽咪有些呆板卻也溫暖的聲音。「因爲……媽咪，有一天可能會到一個很遠很遠的地方去，但我會在那裡等妳。」

＊

迷濛的夜風之中，我開著機船穿越整片星夜。

回家後，思海忽然把我找到她的電台去。萊因去上晚班之後，我就借用他的機船前往電台。

我很喜歡霍瑪克的夜晚，寧靜無聲，純樸的點點燈火綻放在山壁上，而我獨自開著船，聽著喜歡的嘻哈音樂時，便感覺特別自由。

媽咪留下的筆記中有一句話，我始終記得。「霍瑪克的夜晚，是凱兒的顏色，深藍如星辰，神祕卻也透明。也因爲這樣，凱兒最喜歡在夜晚飛行。」

爲什麼，機械褓姆能寫出如此優美卻簡潔的字呢？一年年地長大，在經過無數個霍瑪克的夜晚後，我努力成爲媽咪筆中描述的那個凱兒。這樣的努力是快樂且自然的，我彷彿不費吹灰之力，就長成媽咪筆記中的那個模樣。

我的目的地是思海工作的電台，現在接近晚間十點，只剩下當班的ＤＪ、主持人與電台值班者，思海今晚沒有班，而是登記了一間錄音室、在裡頭熬夜趕工。

她是爲了我而趕工的。

「凱凱，記得上次ＣＡＬＬ　ＩＮ進來，故意套妳話的那個聽眾嗎？我越想越不對勁，我一定要查出他是誰。」方才思海打來時，義憤填膺。

「這種事隨便了啦！我也沒有因此在街上被扔石頭啊！」

「不，我覺得，那個人想讓妳遇到比被扔石頭更嚴重的事情。」思海的語氣嚴厲，卻也充滿心疼。

「我過去和妳一起做！」我對她說。

「不用啦！我自己要淌這場渾水的，只是跟妳報告一下。」思海不希望我守喪期間還得晚上溜出來，連忙安撫我道。

「不，我一定要過去。妳都為了我的事情這麼費心了，我留在家也沒什麼意義，反正萊因也要去上晚班了。」

「好吧！那妳就過來吧！我泡好咖啡等妳！」思海的語氣轉為期待。「把妳的小褓姆也帶來啊！」

「是啊！為了怕它在房裡添亂，我一定要把它帶過去的。」我望了小機一眼，現在，真不知道誰是誰的褓姆了。

「路上小心喔！開我的船去吧！我同事會來接我上晚班。」萊因只知道是思海主動邀請我過去，但不明白我們在做些什麼事，反正大概是女孩子的事情，紳士風度的他很少過問太多。

我到了電台，停好機船，帶著小機一路坐電梯，思海在燈光半暗的大廳等待著，替我輸入保全門禁密碼，好讓我進去。

整個數位錄音室，成了兩位女孩與一個機褓姆的私密空間。舊時代的錄音室中，總是充滿整片牆的剪接與音訊偵測、調整儀器與音控台，但在這個世紀中，我們所擁有的只是舒服如餐桌的觸控桌、立體3D投影顯示器、機械收音與音控手臂。

眼前的觸控桌AI介面，擁有四十幾個分頁，而思海與我熟知每個分頁的每種功能。

畢竟，我們高中就是學這個出身的，直到我往攝影發展，思海繼續堅持在廣播製作的領域。

思海先是與小機玩了一兩分鐘，喝完咖啡後，她叫出工作到一半的「音訊檢查」視窗，換了個嚴肅的表情。

「凱兒，我現在告訴妳，為什麼我會想重新研究一次那份ＣＡＬＬ　ＩＮ。除了對方的意圖讓我很討厭，覺得非得查出什麼之外……當晚的ＣＡＬＬ　ＩＮ紀錄中，有一通用變聲器打來的電話，是我們的ＡＩ電子虛擬助理接到的。」

「變聲器？」我感到胃底發冷。「是連續劇中殺人魔或匿名綁票犯最愛用的那種變聲器？」

「對呀！」思海皺起眉頭。「妳說，我怎麼能不查呢？ＡＩ，麻煩你重播一下這通電話錄音吧！」她說完指令後，視窗立刻跳出由紫色音訊波所組成的錄音檔。

「您好，您即將候補等候來賓接通電話Ｑ＆Ａ，請報上姓名。」錄音檔中的ＡＩ正常地詢問過後，那個詭異的變聲器聲音說話了。

「我是住在北霍瑪克的老喬，我對於方才凱兒說的『人機合一』理論感到很有興趣。」

我和思海交換了一個害怕的眼神，她伸手握住我的冰冷的手掌。「我知道妳覺得很噁心。」

「不會啦！」我苦笑。「這個聲音現在也傷不到我們。不過，我們不把他的身份找出來，恐怕下次就不只覺得噁心了。」我正視問題的嚴重性。

「這種變聲器的ＣＡＬＬ　ＩＮ者，當然被ＡＩ立刻掛斷了，不過，同個區域碼的電話又很快地撥了進來。」思海繼續說。「我不知道是誰，但對方也許一開始只是想嚇嚇妳，又也許，想隱藏身份，手邊又沒有正式的器材可以偽裝身份……

總之，他之後又打了過來，這次就是妳我在電台正式播出時聽到的人聲。因爲當時完全沒有其他新電話進入專線，ＡＩ又選了這個通話，很怪吧！簡直像被駭客入侵一樣。」

「所以，我們聽到的那個人聲，該不會也不是真正的人聲吧？」我深深呼吸，轉換自己緊張不安的心情。「把當時那自稱『老喬』的人的錄音檔，調出來。」

「嗯！我也這樣想。」思海照做。

我們又將當時的聲音聽了一次，雖然是個普通大叔的聲音，但重聽對話之後，他的確真的在套我的話。他非常仔細地聽了我的訪談後，斷定我是讀機人，因此又試探引誘我，說出自己的真實想法。

他的確是個高手。

「把聲音放大，跟真實人聲比對一下好了。」我與思海聯手，兩雙手掌在控制桌上敲著，一片片的視窗被叫了出來，在眼前閃耀。

「『我是住在北霍瑪克的老喬。』」忽然間，一旁小機的發出了與方才錄音檔中一模一樣的聲音。

我毛骨悚然，思海則嚇得跳到我身上。

「什麼啊！是你嗎？你就是老喬？」思海臉色發白，小機卻一臉鎮定，彷彿只是在自主地履行一件簡單的任務，證明自己也可以做到般。

「不太可能，小機的語言功能已經受損了，我是昨天才成功喚醒它的，因此不可能是它打電話的，它沒辦法做出接下來那種質問人的語氣。」

「我都忘記了，任何跟小機同時期出產的機褓姆，為了說故事給小孩聽方便，都能發出這種『樣板聲』，總共好像是三十種音色……」思海揮去前額的冷汗。「我家的機褓姆也每天都用這三十種音色，把床邊故事配音給我聽。」

「難怪……老喬的聲音這麼耳熟。」我捏了捏自己。其實，我們當初不覺得老喬的聲音陰險或者詭異，主要也是因為，潛移默化中，我們對於機褓姆內建的人聲已經十分熟悉了。

當這種「老喬」的聲音出現在記憶時，我所能憶起的，是媽咪自行幫故事配音時所謂「叔叔伯伯」的聲音，從小聽習慣，當然不可怕。

反倒，覺得有些親切。

所以，到底是誰想隱藏自己的身份，而使用與小機這種GX機褓姆的音色呢？

「『資料庫』、『聲紋比對』、『樣本聲紋選取』。」我說出一連串的指令，讓AI助理開始動作，喚出一個個視窗。

「哦！對耶！凱兒真聰明！」思海在一旁興奮地叫著。「這樣用我們電台的數萬筆資料素材一比，就知道老喬這種聲音，被使用在哪些人聲機械中……也許可以鎖定犯人所使用的機械類型了。」

我對思海笑著點點頭。一旁的小機，繼續保持著沉默，它到底知不知道模仿聲音的人是誰？

「小機，你如果想到什麼，現在就要告訴我。」

「沒有，沒有想到。」小機的反應讓人無言。

所幸，資料庫的AI傳來回應：「共發現一百零一筆相符資料。」

「請比對使用該內建聲紋的機種。」我對AI說，思海在一旁點點頭，贊同我的分析方法。

結果出來了。GX二代與三代、家事機器人TGX系列……都使用著老喬這個聲音，全都是十年到十五年前就已停產的機種。

「啊！難怪我覺得很眼熟，這些全部都是使用T協定通訊的機種。」思海恍然大悟。

「『T協定』？」

從以前，思海在廣播製作與音訊分析課上的成績就比我好，多次擔任科展組長的她，會記得這麼晦澀的名詞也不奇怪。

思海對我解釋，「T協定」是一種古老卻實用的訊號系統，在舊世界戰爭時被發明出來，取代電報與摩斯密碼。

「T協定」簡單、不佔多大頻寬的訊號，不能用來傳輸圖文，也早已跟不上時代，但卻被內建使用在各式舊型機器人體內，以電報符碼方式對機器總公司的管理庫連線，才知道機器人目前是否遭遇險境，在必要時提供定位與故障詳情。

舉例來說，萬一機褓姆與小孩同時遇難，這種古老卻可靠的T協定，得以穿越任何3G與4G到不了的地方，直接讓機褓姆總公司知道事故所在。邊境戰爭爆發時，軍事機器人也使用T協定守望相助，在缺水缺糧又缺電的情形下，定位救出不少難民。

「嗯！所以T協定等於是一個方便的後門，但已經沒有在使用了。」我點點頭。

「反過來說，剛剛的GX二代、三代的機褓姆，以及TGX系列的家事機器人，只要處於開機、甚至低電源狀態，都還是可能用T協定連線啊！」思海聳聳肩，提出了我語中的盲點。

「小機是GX三，媽咪是GX二，可見它們……某種程度能互相溝通，也許，一直到現在都是。」我跳了起來。

「到現在都是？可是妳的媽咪應該已經跟我們的機褓姆一樣，都報廢了啊！」思海皺起眉。

「我就是這裡搞不懂啊！」我苦笑。「我問小機，他也只會重複那句話，說媽咪就在影片裡。」

「哎唷……這些機械褓姆真的好煩喔！可惜，我今晚腦力真的到極限了。」思海嘆了口氣，撥著手指，將視窗一個個關掉。

「對不起，還讓妳這麼費心，我們也算是有收穫啦！至少知道老喬的身份，是能使用T協定的停產機械。現在就先收工離開吧！」我協助思海關掉錄音室的燈。

就在此時，腳邊傳來一陣窸窸窣窣的碎動。我回頭，小機平靜地跟著走在後頭。

一切沒事。

我與思海的肩並肩走出電台大門，送她回家後，我們結束了這一晚。

十三、飛行標記

我回家後，萊因已經離開去上晚班了。他特別在冰箱上留了紙條外加塗鴉，還補上一口充滿笑意的白牙插畫，上頭寫著：「別做什麼危險的事喔！」

我接下來所做的事，其實一點也不危險。

戴上白色小巧如髮箍飾品般的眼動儀，我坐到3D大投影幕前。雖說是3D，但在播放手機中的媽咪影片時，也只能顯示出類似3D的不完整效果而已，畢竟當時的科技和現在常用的影視規格有所不同。

使用大投影幕時，看到童年中的我頻頻在眼前驚叫、說話，栩栩如生的模樣，還讓我有些雞皮疙瘩。

並不是討厭看到以前的自己，而是覺得一點印象都沒有。

大概也預料到我會沒有印象，媽咪才要拍攝這些亂無章法的飛行紀錄影片吧？

「等等，真的是亂無章法嗎？」我腦中閃過這個念頭，手指抓住柄狀剪接感應器，撥動著一個個的影片。「媽咪，妳到底想提醒我什麼事？小機要我看的影片中，妳又說自己會等我，到底是什麼意思？」

我喝了口水，瞥向角落靜靜坐著看我的小機。「你知道媽咪想跟我說什麼，對吧？爲什麼你知道？」

小機又是只看著我，沒有回答。我一向只在它身上感受到直率，機械不會騙人，它們也不懂得騙人，更不需要騙人。

也許小機想講的事情，已超過目前故障語言能力所能表達的，才需要我自己去解答。

「媽咪，在影片裡。」小機重複說著先前講過的話。我喪氣地坐回地板上，手拿遙控剪接感應器，頭戴眼動儀，心想著，還是得趕快找出媽咪拍攝影片的規律性才行。

手機中，從爸爸機船那裡備份來的影片，總共三十九個。「使用時間新舊排列。」我唸出聲控指令，手指繼續操作感應器，這種人機合一、工作順利進行的快感，又在體內油然而生。

只是，我沒發現到，過往塵封已久的讀機人能力，也正透過焦急專注的心念，灌注到眼動儀與感應器上……

「最新拍攝的影片，就是小機給我看的那一個。好吧！還是得先找出來那到底是哪裡的峽谷……」

我記得媽咪很少帶我飛得太遠，不管那地方在哪，都屬於霍瑪克附近可以一天來回、不被爸媽責問的地方。

「使用智慧地圖，搜尋以霍瑪克為中心、可一天來回的方圓範圍，比對素材庫場景。」我陸陸續續唸出聲控指令，電腦中樞也精準調出我擔任攝影師時蒐集而來的場景庫元件。

一個個3D地形景觀浮現在眼前，目不暇給。

「這是……斷頸風道。」我目瞪口呆，手邊點出該峽谷的說明。

接連首都郊區與霍瑪克城的最狹窄風道，極度不適合民航機種飛行，唯有配備完善的軍機在嚴峻情況必須趕往首都救援、或得在最短時間去支援邊境戰火時，才會被迫選擇斷頸風道。

況且，即使性能優異的軍機，都經常在斷頸風道失事墜毀，屍骨與殘骸只能沒入遠遠無法觸及的地面。

斷頸風道不但狹窄，且風向紊亂難以預測，毫無規律性。它的山壁構造上，更經常出現小於九十度的致命彎道。

「原來媽咪那麼多年前，就帶我去過這個地方了……」我感到寒毛直豎，媽咪一直以來只有一台交通工具，那就是我爸的老機船，而且它當初用的的還是比墜毀的機船更舊的前一代機型！

原來不是我刻意美化媽咪的駕駛技術，而是它無論在駕駛能力、或者帶孩子的褓姆技能上，都的確可圈可點……

它為什麼要帶我去那麼危險的地方拍攝影片？到底想告訴我什麼？

「另創新檔，智能地圖，標注影片地點、比對路徑紀錄。」我講完一連串聲控指令，視窗飛快地如羽扇般，唰唰地在眼前運作。

一刻不停歇，我火速比對完三個影片中的地點，發現它們呈不規則狀態，分佈在霍瑪克周邊。在地圖上看來，就像是三個無關的小點。另外幾個影片的地點，則屬於比較安全的民航路段，有些也是我和萊因日常會經過的地點。

「不行，得把三十九個影片的地點全數找出，才能知道這些地點到底有什麼關聯……」即使知道自己可能會做白工，我還是大氣不敢喘一下，心神合一，手、眼、腦並用——嘴喊聲控指令、手指點按柄狀感應器、眼睛透過眼動儀望向3D懸浮視窗，同時進行。

平時為了提昇工作效率，我已經手眼腦並用習慣了，電腦資料庫也感受到我的執念……

當回過神時，我雖是坐在地板座墊上，身上的衣褲卻已被汗水浸濕。

我竟然在短短三十分鐘內，就完成三十九個影片拍攝地點的位置比對！

「天啊！這是……」

智能地圖上，出現了箭矢的形狀。這是個非常漂亮的倒V型，但最關鍵的箭矢尖端，並不位於最新拍攝的影片地點中。

「時間不規則，是為了要掩人耳目嗎？媽咪是怕被誰知道這個箭矢的存在？」我喃喃自語。「媽咪帶我的這幾年中，竟然陸陸續續在地圖上飛遍了三十九個地方，只爲了在空中完成這個箭矢標記。」

小機緩緩駛來。「媽咪，在影片裡。」它又再度強調。

我與小機靜靜地彼此對望，再度想到了媽咪影片中說過的「我在那裡等妳」。

「媽咪，難道沒有被送去報廢場嗎？」我終於，開始質疑當年的記憶。

忽然間，手機響了。

「麥姐！」我驚奇地想起這個讀機人朋友，當年就是她負責媽咪的所有理陪與回收費等後續手續。她不但資深，也可信任，在這個節骨眼，簡直是天賜良機，現在就能找她詢問！

「嗨！麥姐。」我興奮地接起電話，但麥姐並未開啓視訊功能，只能聽到她的聲音。「我正要找妳耶！抱歉剛剛在葬禮上都沒找妳說到話。」

「凱兒，妳聽起來好開心，發生什麼好事了嗎？」麥姐雖不明白原因，但語氣也依舊愉悅驚喜。

「哦！我爸過世之後，我就一直在整理他的遺物，雖然機船中間被竊、失而復得、又墜毀，但我仍找到許多媽咪幫我拍攝的影片，剛剛正在回味。」

「哦哦！那個機褓姆呀！」麥妲似乎在笑。「怎麼了嗎？」

「嗚嗚——」小機忽然發出高頻率的尖叫聲，嚇了我好大一跳。

「你怎麼了啦！又短路喔？」我氣得跳腳，正要用讀機能力暫時阻止小機亂叫，小機卻避開我的肢體接觸，反倒狠狠地將我的手機搶了過去，用力往牆上一摔！

「你做什麼啦！」我幾乎與小機扭打成一團，對機械的信任與親密感也被怒氣所取代。「我正要問出媽咪的事情了，你卻……你到底有什麼毛病！」

好不容易抓住小機，它綠色的眼燈急速閃爍，焦急又爲難，而一股驚駭的痛楚，瞬間從小機的金屬身體傳導回我的手指。

心臟幾乎漏跳了一拍。

我的鼻子滲出血，但讓我驚嚇不已的，是我在方才又再度讀到了小機的思緒。腦海中歷歷在目的，是一幅爆炸的火光景象。不明就裡的火焰，排山倒海地朝我的瞳孔衝了過來。

在這瞬間，我甚至聞到自己皮肉燒焦的味道，火光吞噬了我的肉體。

「爆炸……小機……」我被驚得語無倫次。「怎麼會呢？」

小機的五官情緒恢復了鎮靜，步伐卻極速地朝我駛來，金屬小手握住我。

「妳要，趕快逃。」

＊

我決定相信小機。

我將地圖上的箭矢標記列印出來，也傳輸一份到自己與萊因手機做備份。

雖然不知道方才遇見的爆炸何時會來臨，但我一生尚未做過轟轟烈烈的事情，連存錢給母親買一台防老用的家事照護機褓姆都還沒做到……我不該就這樣被炸死。

我收好包包、套上靴子，匆匆抓著小機衝出自家門。

眼前竟是桑楚的萊姆綠色輕武裝機船。

「桑楚！」

桑楚打開艙門與我對望，他神色焦急，目光炯炯如火炬。「先別問了！妳要不要上來？」

我想到正在公司的機船上通勤、對這一切毫無所知的萊因。

若我不上桑楚的船，或許連再見到萊因的機會都沒有了呢？

我回頭望著小機的反應，它竟然彷彿逃難的人般已經率先上船，真讓我哭笑不得。

「走囉！」桑楚推進油門，我還沒拉好安全帶，便整個人往後倒去。

桑楚的臉上掛著急促與不安，這是要逃亡的人才有的神態。

「凱兒，我現在總算可以告訴妳，爲什麼我要選妳家樓下附近的樓層住了。」

「爲什麼？」

「爲了就近保護妳和萊因啊！可是你們看到我的金屬手臂就嚇傻了，那天我說什麼都是多餘。」桑楚的臉色盡是無奈。

的確，我和萊因當晚因爲生活中的巨變，又因爲桑楚一次對我們說了太多情報，什麼戰地記者、軍火商，再加上讓他重獲新生的電子武裝義肢，以及先前桑楚提過、萊因則很討厭的「讀機人」論調……

原來，我們在不知不覺中排擠了他。畢竟，我們努力想遠離複雜的人事物，卻沒有看清眼前的危險……

一直到現在，我都不知道自己發生了什麼事。

剛坐上副駕駛座的我，感覺冷汗滑過脊椎。「桑楚……你說你要保護我們，那你是以爲我們會發生什麼事？」

「有人想要殺你們，不是嗎？從妳爸的機船遭竊開始……對方之所以沒有動手殺你們，是因爲動手的時機還沒到。」桑楚氣喘吁吁，這才打開方才忘記開的空調。

「那什麼時候動手的時機才會到？」我苦笑。「是因爲我是讀機人，所以才會被殺嗎？」

從以前到現在，社會排斥讀機人的聲浪如影隨形，我這麼想當然不意外。但桑楚卻搖了搖頭。

「不，如果只因爲妳是讀機人，早該殺妳了。」桑楚咬住牙關。「那是因爲，妳身上有他們要的東西，等他們得手了，就會殺妳了。從葬禮那天我發現事情不對勁後，就一路跟蹤你們。」他猛速轉了個大彎，朝市區駛去。「以上，就是我所知道的事情！」

「我身上真的有什麼別人要的東西嗎？」我冷靜想著，自己從喪禮到現在，有什麼狀態改變了？不過就是發掘了自己的讀機人身份，還有身邊多了一尊機祼姆「小機」而已嗎？

不，等等……爸爸機船上的那些資料，還有我今天下午研究出的飛行標記。

「怎麼了？想到什麼沒？這攸關妳和萊因的性命啊！我現在就去市區找萊因，那裡警察多，對方應該不會太明目張膽下手……」桑楚望著導航系統的圖表。

「菲利浦，用最短路徑帶我去萊因公司。」

「嗨！凱兒。」此時，機船菲利浦的ＡＩ用充滿笑意的語氣對我打招呼道。

「呃……我還是第一次聽到菲利浦的ＡＩ用這種語氣說話。」桑楚一臉驚訝。

「謝謝凱兒先前幫我修好反重力裝置。」菲利浦又說。

「是個紳士有禮貌的AI，跟某人不一樣。」我望著桑楚。「不客氣，菲利浦，接下來還得請你跟桑楚幫忙了。」

「我們不去市區了？」菲利浦和桑楚同時問道。

「不去。」我將列印出的智慧地圖攤開。

「傳輸至主控板畫面。」我說出聲控指令，駕駛窗上立刻浮現出透明的箭矢地標圖。

「這是……」

「是線索。小機說，我媽咪的下落，就在這裡面，但我一直認爲不可能……」

「不，不管妳想說什麼，絕對可能。」桑楚斬釘截鐵地回答。

「你在哪裡？你還好嘛？」我知道萊因可能在駕駛中，因此傳了訊息給他。

「我在歌頓這邊送貨。」萊因直接回撥給我。「怎麼了？妳跟誰在一起？」

「拜託，你可以到歌頓北方十五公里的……」我望向地圖上的其中一個標記點。「『盔平斷崖』，到這裡等我好嗎？我要做一件事情，沒有你參與不行。」

「可以是可以……不過爲什麼要到盔平？」

「這個我等一下再告訴你，因爲……我們有危險。」我直接了當地說：「而且，我需要你。」

我聽見萊因苦笑的聲音，但他給我的感覺是欣慰而篤定的。

「我知道了。妳自己小心點！」什麼都沒有再過問，萊因又一次地包容我的任性。

把他扯下水，讓我感到難過，但我更替桑楚和思海感到抱歉，這一路上來，我虧欠他們太多，就像我虧欠媽咪，虧欠我父母一樣。

但接下來這件事，若我不去做，恐怕心存虧欠也於事無補。

不知不覺地，眼淚滑下臉頰，明明是惶恐不安的，我卻覺得如釋重負。

小機靜靜地握著我的手，什麼也不說。

它也不需要再開口了，我都明白了。

「真佩服妳啊！」桑楚露出悵然卻也瀟灑的成熟笑容。「能對萊因那麼帥氣地說，妳需要他。」

「不。」我微笑道。「我比較佩服你，明明掌握了證據，卻什麼都不說，只爲了一再查證、又怕我們擔心，即使被我們懷疑污辱，你也堅持守護著我們。」

「妳終於發現了喔？」桑楚彆扭地掛起有些開心的表情。「因爲，英雄都是這樣的嘛！默默行善。」

「我可沒說你是英雄耶！」我直視著前方儀表板上的駕駛路徑。桑楚駕駛的路徑，的確跟我心中想的一模一樣。

我們要前往斷頸風道。

已經抱持著碎屍萬段的心理準備，但我的內心深處，萊因與媽咪的身影清晰無比。

「小心喔！等一下，會非常非常危險。」桑楚雖這麼說，卻解開了安全帶。

「我怕萬一出事，我會被這東西纏住害死，但妳就不用解開了，反正出了什麼事，我會救妳出來。」

「說得好像我一定要被拯救一樣。」我不領情地開著玩笑。

我一手搭住小機，一手伸向桑楚的儀表板。武裝機船菲利浦的引擎如戰士的心跳聲般，非常夠力且可靠。

「菲利浦，兄弟，待會兒進入斷頸風道後，一切就要靠你了。你不是一個人，我和桑楚都會幫助你。」

大概是忙著飛行與比對地圖，ＡＩ沒有回話，引擎聲卻雄厚有力，配備在我們座艙上方的緊急裝置燈閃了兩下，彷彿在眨眼回應。

藍天沉入夕陽的金光中，整片險惡的峽谷正被夜色染黑。

靠著最後十分鐘的餘暉，我們能成功通過斷頸風道嗎？

桑楚的儀表板上，浮動著3D影片播放器，裡頭是媽咪載著我飛向斷頸風道的影片。

我戴上了廠商寄回的電子耳，用手指觸撫著電子耳，向它道歉。「對不起，你沒有壞，能繼續幫我接受之前的聲音嗎？這次，我認得出來了……」

於是，那個聲音又回來了，依舊是陌生的語調。但，我知道說話的人是誰。

我比以往更加確定它的身份。

「凱凱。」電子耳中依舊傳來了這個聲音，這次，我告訴自己並非幻聽。

「我在這裡。」我再也不遮遮掩掩，而是用正常的音量回答對方。「我、桑楚、小機，正乘坐著萊姆綠的武裝機船菲利浦，我們就快到了。」

「從下個彎口直切向下，比較好進去。」電子耳傳來這樣的聲音。

「好。」電子耳的聲音，並不能切到菲利浦的廣播系統中讓桑楚與小機都能直接聽到，因此我也一句句轉述給桑楚。

「好，直切。」桑楚踩下腳部的數位離合器。我同時感受到機船菲利浦的準確下降，它完全知道我從電子耳中聽到了什麼話，也將桑楚的操作執行得準確無比。

我感覺自己、電子耳中的聲音、以及菲利浦三者，正在合而為一。

十四、衝出豔陽天

衣裙已被汗水浸濕，頭昏腦脹，但這代表我的確正在耗費氣力，與菲利浦溝通著。

「切換為自動駕駛。」桑楚說出聲控指令，鬆開方向盤。

「請準備承受劇烈振動。」菲利浦的ＡＩ提醒道。

桑楚用雙手護著我，眼神擔憂地望向駕駛艙外，又將座艙內的水瓶、外套等雜物，全數塞進座位底下的置物箱中。

逐漸變黑的險峻峽谷，以極速擦過我們身邊。

一開始先是一陣普通的震盪，隨後，我的腳瞬間被重力扯向天花板。

「抓穩啦！斷頸風道不是開玩笑的！用這個來保護脖子！」桑楚拿出兩個充氣頸墊，分別套在我和小機脖子上。我真佩服他為什麼能在頭下腳上、完全沒繫安全帶的狀況下，維持平衡完成了這一連串的動作。

「戰地記者的必備技能。」他苦笑道。

但現在真不是笑的時候啊！

「往下降，之後的一百公尺都是平坦好飛的地區，看到石穴眼洞時，飛進去。」電子耳明確地給出一連串指示，我全心感受著每一句叮嚀，機船菲利浦猛然筆直下降，桑楚與我護住自己的頭部。

我們幾乎貼著峽谷地面飛。

這真是聰明的策略，就算不小心碰撞，也不至於損傷太大……不，這樣想就對菲利浦太失禮了……我咬緊牙根，努力不去想像任何負面的景象。

一心一念，稍有偏差，我們都會沒命的。

「眼洞快到了，一經過就必須立刻拔高機鼻，離開地面的建築物。」我努力將電子耳的聲音，傳輸到菲利浦的心靈裡。

機械絕對都有一顆不輸給人類的敏感心靈，否則，我此刻不會在這裡。

駕駛艙窗外瞬間出現個了一個白色小洞。菲利浦稍微緩速，精準地將機鼻對準駛去。

黑暗襲來，緊接是又是光明。我們已筆直地竄過石洞，到了峽谷底部的另一端。

夕陽最後的光芒，照耀出生活在山壁上的我們從未親眼見過的景象——地表。

充滿舊世界的高樓大廈遺跡，甚至看得見遊樂園的靜止黑色摩天輪，如今是一片壯麗淒美的巨幅殘骸。漫天漫地的空洞建築、車道、馬路、房舍、大樓，顯示出舊世界被戰火吞噬的最後模樣。

菲利浦猛然拉高機身，閃過地表上突出的一棟大廈。

我回頭望。大廈上停駐著被戰火塵灰鋪滿的鏽蝕汽機車，難以想像一百年前的人類日日駕駛著它們，最後卻爭先恐後地搭著機船往山壁峽谷逃難、將無法飛行的它們獨自丟在這世界的底端。

我替這些被遺忘的機械感到難過。但人類終究會再發明更強大、更方便、更低廉的機械，讓它們進入自己的新世界、新生活中。

「凱兒，他們追來了喔！」桑楚望著監視器的分隔畫面，我知道他在說誰，也知道對方的來意。

對方就是為了要我帶他們來這裡，才沒有殺我。

「不可以真的帶他們到那裡去喔！凱兒。我們差不多得找個地方停下來了吧！」

桑楚的話，我同意。

「停船。」我對菲利浦說。

深黑荒蕪的地表上，僅剩的光源從機體發出，照耀著大地的悲愴。我們停在一大片大廈的停機坪，這裡安全無虞，大廈充滿玻璃帷幕與燈管，雖然已被樹藤和灰燼盤據舖蓋，但仍看得出這裡曾經是奢華的時尚飯店，才擁有當年直昇機的起降位置。

將近五六十層樓的高度，進可攻，退可守。這裡很好，我們搜尋著附近的頻道，果不其然，沒有任何訊號台，自然也沒有訊號。

菲利浦待機中，而我和桑楚戴著防塵面罩，打開船艙的門。菲利浦的機身後方，三架魔物般的輕巧武裝機船正在「顯型」——它們以光束般的粒子型態緩緩顯現，三原色交互閃映出真正的實體。

那是因爲，它們都是具有隱形光學遮罩的飛船。

是的，就跟當晚襲擊我父親飛船的一模一樣。而這三艘飛船，也因暫時熄火而緩緩現身在我們眼前。

「凱兒，我們先待在船艙口。」桑楚的左手裝配上單口重砲，一次只能射擊一發砲火，但對方有三艘敵船，怎麼想都是我們佔下風。

敵船紛紛開艙，五六個持有手槍穿著黑衣黑褲的蒙面傭兵躍了出來。他們身後，出現了一個自信的身影……

「我還在想，妳什麼時候會發現呢？」麥姐輕盈又冷豔的笑聲，從其中一艘敵船的船艙傳出。

「一口氣帶我們飛了這麼遠，也真辛苦妳囉！凱兒。」麥姐防塵面具後方的臉，恢復了我幼年記憶中的冷峻。

「到此爲止。」我堅定地揚起聲調。「我不會帶你們去找媽咪的，你們死也不可能接近她！我還奇怪，爲什麼只要妳在身邊，小機就不願開機，因爲媽咪早已透過T協定聯繫上了小機，而妳之所以故意讓我與小機相遇，也只是要我帶你們找到她的確切位置，對吧？」

「我從妳還小的時候，就知道妳會是讀機人的料子，也知道妳所謂的『媽咪』也明白這件事。可惜，妳一直到現在，才知道它有多特別，特別到我們必須傾盡全力、動員軍火商一起將它銷毀。」

「媽咪並不特別。」桑楚亮出一份早已存在手機中多時的資料。「所有的GX二代和三代機褓姆都裝備有T協定通訊功能，而T協定訊號本身，對孩童的聽力有潛在傷害。小則耳鳴、內耳失衡、聽力退化，大則因為一次外力就可觸發耳聾，像凱兒當年那樣。」

我這才震驚地理解到，桑楚為什麼遲遲不告訴我真相的原因。原來，機褓姆本身有這樣的瑕疵……

當然，這無損於我對機褓姆懷抱的感激之情，不過，說情緒不激動則是騙人的。我勉強收拾好思緒，強忍著淚水。

但其實，早在我與思海在電台查出「老喬」聲音樣本的機械類型後，我便發現麥姐那頭粉色蜘蛛般的TGX家事機器人「粉粉」，也屬於擁有T協定技能、並能模仿老喬的聲音。
因此，倘若小機感知到媽咪的存在，粉粉一定也是。
從那刻我便知道，媽咪不可能被報廢，而是被處理掉了。
但也因爲她其實並沒有被處理掉，小機和我才會持續透過T協定接收到媽咪的訊息，進而從過去的飛行標記中，知道媽咪的可能位置。
而我，還沒找到她呢……
我，一方面逃命，一方面也假裝中了他們的圈套，也是爲了要讓麥姐做出罪犯的自白。
「身爲讀機人，凱兒，妳當然可以選擇自己要相信什麼，但妳卻像牆頭草般搖擺不定，根本不知道自己的意義何在，只會媽咪媽咪地叫……」麥姐的臉上滿是輕視與嘲弄，深深地刺傷了我的心。
「前陣子妳爸過世後，時機很敏感，我們又去妳家調查了一趟，怕妳的機褓姆又給妳留了什麼警告，可惜它隱藏得很好，我們無法自行破解，只好借助妳小小能力了……哼！我還記得，我第一次要粉粉打電話到電台質問妳的讀機人身份時，妳話語中的遲疑。」麥姐陰險地冷笑道。

「那時我才慶幸，自己的能力早在二十多前年就被發掘，被保險公司相中，機械製造商還付我高薪，讓我多年來從事與機械溝通的工作，從中獲利。呵呵！我每每到一個孩子的家裡去時，都偷偷接觸它們的褓姆機器人，告訴它們『你故障了、生病了，爲了孩子的幸福，必須報廢、提早退役、離開朝夕相處的家』。哈哈哈！那些傻機械啊！什麼也不懂！反正就這樣被時代淘汰，一直以來也是如此！新機械上市，股票才能持續漲，時代才會進步，不是嗎？」

我氣得朝麥姐衝去，桑楚卻架住了我。

「放開我！妳……還配當讀機人嗎？機械的心都是活著的，妳難道不懂嗎？任意糟蹋機褓姆與孩子們的情感！混帳！」我的理性已在麥姐方才嘲弄機械時崩解了。

她憑什麼爲了利益，常年來做出這種事？

而因爲麥姐早已意識到，由媽咪撫養的我可能是讀機人、或許理解許多祕密，他們這些年來，其實一直暗中監視著我們一家……

「就連我爸爸的機船也跟媽咪的製造商是一樣的……難怪你們能輕易地對它呼來喚去！只爲了引誘我幫你們破解媽咪的位置……」我崩潰大吼著。「妳可知道，當爸爸機船墜毀的那一刻，它有多惶恐、多害怕嗎？」

「妳儘管指控我，反正這個害怕讀機人的社會，聽到了妳的言論，也只會將妳當作瘋子處理罷了。」

麥姐冰寒的語調，已經無法擊傷我。

我望向菲利浦艙門旁的小機，它也對我閃了閃眼燈。

「麥姐，沒有用的！剛剛的對話我們已經使用T協定加密傳輸到我的電台同伴那裡去了！不用五分鐘，全國人民都會知道你們保險公司與機褓姆製造商背地聯合起來，封鎖祕密，一面默默故意趁探視機褓姆時下毒手、使機保姆看似自行衰老故障，你們才能趁亂回收並且封鎖這個祕密！」

一絲驚慌閃過了麥姐防塵面具後的臉龐，但她銳利的眼神立刻轉爲殘酷，那原本就是她的本性。

「看來我們的傭兵團隊，就算找到妳家媽咪，也難以脫罪了。呵呵……」她舉起手勢。「那就同歸於盡吧！殺了他們！」

桑楚先發制人，一聲砲擊轟然在耳邊竄出，電子耳立刻嗡嗡作響。

我難受地立刻摘除電子耳，在桑楚的掩護下朝麥妲衝去，沙塵呈漩渦狀噴向天空。

菲利浦正帶著小機，在這瞬間急速起飛。

「咦！」麥妲發現我們沒要逃回船上時，傭兵也被我們荒誕的行徑給嚇傻。掠過我們頭頂上空的菲利浦，瞬間排出大規模的鮮紅色煙霧彈。

一時間，空中像是瀰漫了血雨般，桑楚有力的手臂將我抓上其中一艘敵船，三兩下就將裡頭的傭兵給扔了出來。

我攀住駕駛座，閉上眼睛感受著腳下的武裝機船。

「起飛！我們不需要再待在這了！」即使沒有敵船鑰匙，我的聲音卻清楚地傳達到這艘陌生的機船中。

它立刻啓動引擎。慌亂之中，桑楚被其他傭兵搏傷的血液，噴進了我的眼睛。但我的視線卻一片澄明。

我看清了機船的前後狀況，望見了上頭的黑色天空，更感受到了機船啓動時的強大引擎，如武士的心跳般轟然作響，永不止息。

它也不願意，讓這片舊世界的廢墟淪爲自己的葬身之地。

「我們走！」我大喊的同時，機船拔高起飛，發出嗚嗚的回應，強風不斷從艙門灌進我和桑楚身邊。

「目前高度，四百公尺。」ＡＩ說道。「請緊閉艙門。」

「等等我！」趁亂爬到艙門邊的麥妲瘋狂地大吼，手指攀住我的靴子，髮絲攪亂在山嵐中。

在這一刻，我的心遲疑了。

「你們給我嚐嚐被單獨留在地表，被機械丟下的滋味！」桑楚將麥妲一腳踢出艙門。

「跟著菲利浦！」我對這艘機船說。「還有，你有名字嗎？」

「賽洛。」機船的ＡＩ回答著我。

不約而同地，我未能來得及控制的另外兩艘武裝隱形機船，已經忠誠地跟在賽洛的下方。

四台機船前後排開，筆直往上，飛躍在漆黑的夜風中。

我們一起飛離了舊世界。

＊

「哈哈哈哈！」逃出生天的第一瞬間，桑楚駕駛著賽洛，開懷大笑。這是一種打從心底歧視對方、既囂張又充滿勝利感的笑聲。

但我笑不出來，也許桑楚因爲自己破解了案情而感到得意，也因爲能逃出峽谷底層的舊世界而一時鬆懈。但我此刻的心情卻十分複雜。

我替麥姐難過，更替未來自己即將遭遇到的事情感到滿心澎湃，好害怕失望。我想起麥姐房中那些快樂地爲她服務的機械朋友們，它們大概永遠不會知道麥姐的真面目。

麥姐走了，誰又能照顧它們呢？機械們一定會很失落的吧……

另一方面，我們的確已經掌握了媽咪的確切位置。但是，我們不會、也無法再帶麥姐靠近媽咪了。

但，萬一媽咪不在我所推測的位置呢？

「希望我真的是讀懂媽咪留下的飛行標記了……」我捧著慌亂跳著的胸口。

桑楚的臉頰與後頸都有嚴重的瘀青，是在方才的傭兵近身激戰中被打傷的，我連忙在機船的置物艙中翻出冰敷袋。「啊！桑楚，對不起，我現在才看到……」

「安啦！這又不會死人。」

「原來，你剛剛爲了讓我順利逃上機船，默默挨了這麼多拳啊？」

「哼！不要把我想得這麼弱好嗎？那是因爲他們忽然冒出兩個人從背後暗算我。」桑楚指著自己的腰，那裡也已滲出斑斑血跡。

「桑楚……該不會，你也中槍了？」我感到自責無比。

「凱兒。」桑楚又是一陣輕蔑的笑。「拜託別這種表情，不要覺得別人的不幸都是妳的責任好嗎？」他從腰後的衣物上，拆掉一大片金屬色的防彈墊片，在我眼前晃了晃。「皮肉傷啦！子彈沒能進到我的身體，雖然他們使用高規格的巨型子彈，但也只弄傷我的皮膚而已。」

「真的嗎？」我不相信，直到近距離確認了桑楚的傷勢真的沒有大礙，才鬆了口氣。

「比起我，妳不如去把自己臉上的鼻血和眼淚擦一擦啦！」桑楚彆扭地說，我這才發現他對被我近距離望著身體這件事，竟然非常不自在。

「好啦！這就放過你。」我苦笑著，回到自己座位上。桑楚說的沒錯，因爲方才使用的讀機能力幾乎超過負荷，情緒也始終很不穩定，我臉上才是一片血淚並陳，模樣比桑楚悽慘多了。

頭有些暈，我緩緩靠在椅背上，閉目養神。

我們往上爬升，機船賽洛開啓了「航行軌跡追蹤」，這是高階武裝機船的性能，能掌握前頭被跟蹤者的每個動態。在哪裡轉彎、何處減速，在賽洛這種輕巧的高階軍事機船上，都綽綽有餘。

方才，麥姐他們正是用這種方法尾隨我們的。差別只在，這次，前頭的菲利浦是自動帶賽洛等船飛行的。

機械與人不同，它們彼此之間對待公平，不勾心鬥角，不記恨。即使前一刻必須聽從人類的話戰鬥，但只要讓它們做選擇的話，它們總是無冤無仇。誰又願意爲了無所謂的事情而兩敗俱傷呢？

就像小機在麥妲面前明明不願被我喚醒，對待麥妲的其他機械卻始終保持沉睡狀況，不主動滋事一樣。

我將口袋中的電子耳取出，默默地按著它的外緣。「拜託別壞，拜託，我還需要你……就跟我過去十多年來需要你一樣。」我深呼吸了一口氣，將義耳戴上。

「媽咪，妳在那裡嗎？」我問著，喃喃在心中緊繃地問道。

電子耳中不再傳出聲音了。

「糟了，難道媽咪……已經無法再發出聲音了嗎？」

難道，麥妲表面上親自來追我們，其實卻也已經掌握了媽咪的動向？

不可能，他們絕對不懂媽咪的飛行標記有何意義，因此，才會故意在父親的機船中讓我發現那三十九個影片，等我去破解，他們才尾隨在後。

「凱兒，冷靜點，說不定只是妳的電子耳吸收了方才我的砲擊聲，因此短路而已。」桑楚說。

我無奈又焦急地換上另一支電子耳，其實，真的也不必太心急，答案很快就能揭曉了。

「桑楚、賽洛，我們就快到了，前往歌頓北方的盔平斷崖。」

深邃的藍色黑夜，彷彿聽得到峽谷的險惡夜風在耳邊低吼，我心裡除了媽咪外，當然也牽掛著苦等一整夜的萊因。

「二話不說就配合著我的任性……萊因，謝謝你。」附近沒有訊號，無法聯絡到他。我摀著胸口，希望他一切平安。

我希望自己沒那麼早告訴萊因去會合地點的事情。他現在的位置就在媽咪飛行標記中、倒V箭矢所指向的座標。

那應該也會是媽咪的確切位置。

「凱兒，放輕鬆，一定找得到的。」桑楚拍了拍我的肩膀。

我們逐漸離開了斷頸風道最危險的路徑。

薄薄的灰藍色晨曦如雛鳥的羽毛般，飄動在天邊。天就快亮了，而且，看來會是個大晴天。

我期待著日光放晴，期待在地平線的那頭看見萊因的晴空色眼睛。

也期待著看見媽咪，如我童年記憶般，對我眨動藍色的眼燈。藍色，一直是我的幸運色。我被這樣的顏色注視且寵愛著，而這份愛塑造了今天的我。

我不再惶恐了。不管發生了什麼事，我願意挺胸笑著面對。

十五、飛行的使命

當陰鬱的晨曦逐漸被白金色日光填滿時，透過機船的舷窗望去，整片峽谷上的深溝陰影也正在漂白。

萬里無雲，天空藍得像海，而我們正在這樣清澈平靜的海中飛行。視線好起來後，我和桑楚不再盯著儀表板上的電子示意圖，而是直接眺望領頭飛行的機船——菲利浦。

我將手機中的飛行標記點，上傳到機船賽洛的ＡＩ中。「請進行智能地圖比對……」

思緒在嘴邊還沒出口，ＡＩ已經立刻在螢幕上回應我。「倒Ｖ，飛行標記終點，盔平斷崖。距離目標，四百公尺。」

「請搜尋比對附近的Ｔ協定頻率。」我指示道。

「嗯嗯！用Ｔ協定比較方便找媽咪的位置。」桑楚喃喃自語道。

賽洛回答：「附近無使用T協定頻率的使用者。」

「怎麼會？」我驚叫道。「光是前面菲利浦載著的小機，就有在使用T協定啊！」

大概賽洛本身對T協定探勘的配備不夠嚴謹，我也不打算爲難它，光是能靠著賽洛逃出來，已經很幸運了。

盔平斷崖今天風勢不大，起降都不會有問題，但放眼望去，周遭毫無人煙。只有一片大峽谷在眼前展開，無邊無際的黃谷藍天，不用說媽咪了，連萊因的蹤影也沒有看見。

我換了個想法。「賽洛，那請你幫我聯絡附近所有的機船，包含駕駛者萊因的機船與菲利浦，我希望他們停船會合。」

賽洛回答。「菲利浦目前在頻道上。」

「菲利浦，辛苦你了，你和小機都還好嗎？」

「很好，小機也很好。」菲利浦的AI回答。

「好。」我無計可施，只能對著鄰近頻道上的飛利浦說：「我們先停船吧！」

「現在停船雖然不至於很危險，但敵人說不定挾持著萊因或媽咪潛藏在哪裡……」桑楚謹慎地說：「要選好起降地點，不如就……」他望了一眼地形圖。

「停在斷崖下方的天然平台處吧！」

我也注意到桑楚所說的停靠點——有石蔭較爲隱蔽，周遭也夠平坦，可以供賽洛、菲利浦和其他兩架機船停靠。

「就這麼辦！」

萊姆綠色的菲利浦泛著金色晨光，在空中如大鷹般盤旋。體型較小的灰綠色塞洛與其他金綠色的兩架武裝機船，也尾隨在菲利浦後方。

四艘飛船彼此在各自的圓圈中找著風道入口，準備在最小的阻力中盤旋而下。

我用身體感受著，與賽洛的心神再度接觸。「找到風道了，現在進去！」

機身準確地竄入風道間隙，乘風滑入斷崖下方的岩蔭平台。

「謝謝你，賽洛！」最危險的時刻已經度過，我跳下艙門，與桑楚一前一後奔向菲利浦的機艙。

它自動開啓艙門接納我們。

「小機！」我輕輕擁抱小機，它也伸手環抱住我。

「媽咪……」小機喃喃自語著。

「怎麼樣？你有讀取到媽咪傳輸給你的訊息嗎？」我緊張地問。「你的T協定，還管用嗎？」

不等小機回答，剛進入機艙的桑楚忽然大叫。「小心！凱兒！有人來了！」

我連忙護著小機的頭部，躲到菲利浦機艙深處。不過，事情不太對勁。眼看桑楚正亮出裝載砲彈的機械手臂，我笑出了聲。

只見萊因的機船，停靠在巨石陰影處的一角。他開的是工作用的運輸船，上頭還寫著萊因任職的物流公司名稱。

我知道，一切都沒有問題了。

「我還以為你們被挾持了咧！看到桑楚的船後頭跟著一票高階軍武機船，我心臟都要停了……」萊因氣急敗壞地走了出來。

「笨蛋！」桑楚鬆懈下來之後，立刻大吼。「你還在那邊觀察半天幹嘛？都不出聲，連我用機船也掃描不到你！」

「我這艘船是具有運鈔規格的防偵測保全船，哪有這麼容易就被找到。」萊因不甘示弱地解釋，藍澄澄的眼神與我對上。

「嗨！寶貝。」

「嗨！」我跳下菲利浦的艙門，萊因用力地接住我。

我將頭靠在他肩上。「對不起……還好你沒事……我一到斷頸風道就和你失聯了，事情又有些失控……」

「我知道啊！妳就什麼事情都最愛瞞著我。」萊因的嘴巴當然沒放過我，畢竟，真的是我不對。

「夠了，很噁，不要在那邊曬恩愛了啦！」桑楚說。

萊因抱住我時，往地上丟了一樣東西。

我這才發現，萊因原本戴著塑膠絕緣手套的手中，曾抓著機船後方配置的充電電纜。

「這是爲了防身啊！我根本什麼武器也沒有，萬一妳和桑楚真的是被挾持，我難道要坐在旁邊哭嗎？」

「謝謝你的用心良苦啊！」桑楚心不甘情不願地回答。

看到我和桑楚平安地出現，萊因當然也稍稍放鬆了精神。「對不起，誤會你，我沒想到你昨天開始就一直在幫助凱兒。」

「屁啦！才不是從昨天開始！我從你們守靈夜遇到麻煩時就默默追蹤這整件事。但你這個沒見過世面的鄉下人，光看到我的新手臂就氣得要死，要是我跟你們說可能有人想暗算凱兒，你準會把我當成妄想症的瘋子給送到警局！那樣我一直追蹤的新聞就完蛋了。」

萊因的臉上雖然出現恍然大悟與愧疚之色，卻也立刻嘴硬地反駁道：「所以說到底，你還是重視新聞嘛！」

看到他們用和好如初的神態鬥嘴，我是開心的，但心底的某一角卻也失落了起來。

因爲，我終究沒能找到媽咪的位置……

就在此時，小機默默地朝萊因的貨運船行進而去，它的步伐輕快而篤定，像個沉默溜進廚房、等著去吃甜點的孩子。

「小機！」我追了過去。

「凱兒，不用擔心，抱歉現在才告訴妳……昨晚跟妳會合前，我看到了妳備份在我手機的檔案。」萊因露出了許久不見的溫柔微笑。「我才知道，妳之所以沒有直接在簡訊告訴我來盔平斷崖這裡的原因，是因為怕被敵方監聽、搶先一步，更怕我遭遇埋伏，對吧？」

「對不起，因為昨晚真的太多狀況，對方能明確掌握到我的行蹤，我也怕他們……」

「沒關係，還好，我也不是笨蛋。」萊因淘氣一笑。「我透過妳的飛行標記，找到媽咪的位置了。」

「天啊！萊因……」我熱淚盈眶，激動得無法思考。

「媽咪，現在就在我的機船裡。」萊因笑道。

我忘記自己是怎麼衝上萊因的機船的，當媽咪的身影映入我眼簾時，萊因親了我的額頭一下。

「跟妳想像中的不同，對吧？」萊因柔聲地說。

對的，眼前我看見的，是一個殘破不堪的金屬軀體。倘若它被放置在路邊，也會被視爲垃圾吧？身體鏽蝕、長滿青苔，手腳關節也腐鏽破碎，原本鮮艷不已的綠中帶金烤漆，變成了鏽斑遍佈的骯髒土黃色。

「媽咪……」我掩面哭道。

如果用人類的角度來說，眼前的機械褓姆，幾乎就是失去行動能力的植物人。它靜靜地躺在那裡，跟我印象中溫暖活潑的樣子完全不同，這一幕幾乎讓我心碎不已。

但那被苔斑植被所覆蓋的臉部五官中，有一樣東西，和我記憶中的一模一樣。

那就是媽咪閃動著的藍色眼燈。

彷彿在無聲地回應我似的，媽咪在對我眨眼。

「這些年……謝謝妳等我。」我泣不成聲地癱軟在媽咪身邊。

桑楚與萊因心疼地交換了一個微笑，我也望著他們笑了。因爲，一切真的都沒事了。

「媽咪……」我低頭，用顫抖的手指撥去它胸口累積十多年的塵土。在這一刻，我彷彿也碰觸到了它的金屬心臟。

胸口猛力顫動，一個個鮮明的影像瞬間闖入我腦海。

幼年的我，哭著對媽咪道別，接受它故障退役、必須被送回原廠銷毀的那一刻。

「請節哀順變，我們會好好送它到最後一程。」身穿灰套裝的麥妲，對幼年的我說。

當時的我，完全不知道那是個謊言，還傻傻地相信了。我也不捨地追在保險公司的回收車後頭，一直跑到了山壁的盡頭，才被爸爸抓進懷裡。

「沒事的，爸爸收到保險理賠款之後，會買更新、更好的媽咪陪妳。」

「我不要！我不要！」雖然已經逐漸長成少女，我的內心也在那一刻開始哭泣了。

接下來的影像，一幕幕映入我腦海。

媽咪其實知道自己會發生什麼事。早在麥妲第一次來訪時，它知道自己的存在會讓麥妲對我不利，因此，它決定配合退役。

媽咪開始錄影，用隱晦的方式留下三十九個飛行標記，提前告訴我，它會在某個地方等我去發現一切。

麥妲與一個個身穿黑色原廠制服的工作人員，熟練地切掉了媽咪的電源。但它硬是在十字路口將他們趕出機艙，獨立駕駛著機船逃開。

最後，媽咪按照那三十九個飛行標記的最終解謎答案，自行迫降在此。

也就是我們現在所在的盔平斷崖。

十多年來，它墜落在這裡、不再行動，在低電源的狀態下默默用T協定發訊，接觸到離我最近的機械褓姆小機，要小機在自身語言能力也已經受損的狀況下、替我傳話。

媽咪就這樣，獨自一個人孤零零地待在不為人知的地方，等我找到她。它的訊號要傳送到我所使用的電子耳，需要經過大功率之間訊號轉換，而媽咪實在沒有多餘的電力了。

這期間，更複雜的訊息，它只能交給小機傳遞。

但媽咪也聰慧地預留了最後的電源，才能在我飛越斷頸風道時直接指引我，規避所有的飛行危險。

也因此，媽咪現在完全無法說話。

它已毫無保留地用盡了所有的電力。

而這裡，唯有與它朝夕相處、有能力辨識飛行標記、具備讀機人能力的我才能找到。

我讓麥姐誤以為，需要斷頸風道的考驗，才能找到媽咪。但其實萊因已經透過我的破解，提前來到媽咪真正的藏身處，搶先一步將媽咪找了出來。

「凱兒，醒醒……」當我起身時，滿身鏽蝕的媽咪躺在我身邊，地板振動著，原來我已經在萊因的運輸船上啟程，飛往家園。

桑楚與小機憂心地望著我。「萊因！她醒了！」

萊因坐在駕駛座上，雙眼流出心疼而如釋重負的淚水。

「對不起……」

「唉！」桑楚阻止我起身。「不要講話了，妳剛剛觸摸媽咪的身體時，就瞬間倒了下去……我問萊因說，知不知道妳為什麼會這樣……結果這小子傻笑地對我說──『因為她是讀機人』。」

「萊因……」我好抱歉，萊因未能聽我親口說明讀機人的事情，而必須從我生活中的蛛絲馬跡，發現我已經開始認同自己的讀機人身份。

對他坦誠，為什麼這麼難？

「凱兒，沒事的，妳遮遮掩掩的，還以為我不知道嗎？什麼都不說，老是要我自己發現，妳不就是這樣嗎？」萊因的語中沒有責備，反而帶著一股晴朗的豁然。「如果我不能接受，我一開始就不會聽妳說著媽咪的事情，從高中，直到現在……妳就是妳，如果讀機能力是妳的一部分……」萊因回眸望著我的模樣，滿是深情。「我全盤接納。」

此刻的我，淚流滿面。我緊緊握住媽咪的手，與它分享這份被認同的喜悅。

而在媽咪傳導給我的下一個畫面中，我與萊因肩並肩地行走在市中心的噴水廣場邊。

我遞出了婚戒，向萊因求了婚。我會用力地握住萊因的手，彷彿怕他跑掉般，在他答應時用力地緊抱他。

這個計畫……希望媽咪別提前告訴萊因才好。

我甜蜜地閉上眼睛，在萊因載我回家前，至少氣力耗盡的我，還保有幻想未來的體力吧？

後記

我飛行在霍瑪克的邊境。今天天氣晴朗，當陽光從駕駛艙竄進來時，正巧打在我的婚戒上，閃閃發光。

萊因與我訂婚了，這半年來，戴著婚戒、與萊因一起飛行，成爲每天的例行風景。

我創立了一個屬於讀機人的慈善基金會，每天，都有許多保守人士朝我們的機船扔石頭。

雖然吃了很多苦，但在人多的鬧區宣傳活動時，拜爾警長總會不厭其煩地帶領警隊，替我們開路，護衛我們上台演講。

「今天的行程，沒有講座。」坐在後方客艙的小機，看著我的手機行事曆如此宣告中。

「謝謝你，小機。」我對它微笑。

小機的語言功能已經修復得差不多了，但因爲ＧＸ系列的機褓姆公司，在爆出麥姐、保險公司、製造商三方勾結之後，就股票狂跌、終至倒閉，小機與媽咪的零件幾乎需要整組換新，與新的製造商合作。

雖然我們才剛新婚，又成立基金會，各方面都需要花錢，也不足以湊出將小機、媽咪完整修好的預算，但一切至少也正在緩慢進行中。

「剛剛製造商傳訊息來，媽咪的修復狀況已經好很多了，它終於能開口說話，週末就可以去探望它了。」小機又唸出一則新的簡訊。

接下來的工作牽涉到刺激的飛行，前往邊境的空中旅行並不輕鬆，我必須全力專心執行。

萊因讓機船切換到自動駕駛，他則幫忙留意著機船監視器畫面的後方角度……

在我們機船後方的空道中，跟飛著三十台大大小小的機船。

它們全數無人乘坐，只切換成自動駕駛，在我的指揮中，如候鳥般跟隨在我們機船後方，飛越大峽谷。

空中警察第一次看到我們時，還以爲我們是隻無人軍隊，而政府已經認可了我們的行動。

因爲，那些尾隨在我們後方的機船裡，還乘滿了各式各樣從全國各地募集而來的故障機械人。

它們有些是家事機械人、有些爲醫療機械人，有些則是和小機、媽咪一樣的機褓姆。

雖然原本都到了該報廢、退役的年齡，但在我們的基金會中，它們全都恢復了八成以上的功能，準備隨時再替人類服務。

我今天的工作，就是將它們全數帶領到新的服務地點——邊境的難民營。

戰爭仍在持續，人力與資源不足的情況下，政府與民間機構都需要免費的機械服務。

有什麼比得上讓這些機械重生，來得更有效率呢？

在桑楚的牽線下，每天都有一個難民家庭，能在機械褓姆的看護與守望中迎接早晨的來臨。

老人們得到了居家看護與陪伴，難民營與邊境弱勢家庭的孩子們，能在爐火邊聽著機褓姆的床邊故事安然入睡。

年邁力衰的工人們雖然買不起新機種，卻也有了代步工具，每天能節省三小時的通勤時間，搭著我們讀機人協會所募集的機船去工作，假日也能載著妻小，自由飛行。

未來持續促成這一切，便是我的使命，也是我現在的生活。

而我當然沒有放棄最愛的攝影，而是繼續使用攝影能力，記錄下人們獲得機械服務的新生活方式。我的紀錄片，已搭配思海的旁白與報導，讓霍瑪克的人們知道，自己的能力將無遠弗屆。

總有一天，世界會認識我們這座貧困山城的名字，而世界各地曾經因爲自己與機械意念相通而煩惱的孩子們，會知道成爲一個讀機人，其實並不可怕……

我與萊因的機船，帶著三十架即將邁向新生的機船、與上頭的機械人們，飛越了碧藍的山峰。

一座又一座，我們不是軍隊，也並非候鳥，黑色的巨影卻團結地掠過地表，直達邊境引頸期盼的人們身邊。

當飛過昔日發現媽咪的盔平斷崖時，我喝了口水，打開舷窗呼吸新鮮空氣，新剪的一襲烏黑短髮，也迎風飄飛。

我用機船的通話功能撥了通電話回家。

「凱兒嗎？喂喂？」

「喂！媽。」聽到母親熟悉又帶著不耐煩的聲音時，我微笑以對。「關於妳之前問的問題啊……我已經想好我不在家的時候，誰要來照顧妳了……」

「誰啊？」

「妳覺得……媽咪怎樣？」

「哦……」雖然聽得出喜悅的情緒，但母親電話中的語氣還是那麼刻薄。「不錯的決定啊！不過，妳別想把我丟給它，我還是希望每個週末看看妳，還有等著抱孫子……」

「我們壓力很大喔！」萊因與我交換了一個充滿默契的眼神。

日光在婚戒上跳躍著，光點隨著我手部的角度移動，最終消失在一碧如洗的

晴空中。
而我們也將在地圖上，劃下屬於自己的飛行標記。

培育文化

奇幻魔法 12

機器褓姆的飛行標記

作者 夏嵐

責任編輯 王成舫

美術編輯 林子淩

封面/插畫設計師 Blamon

出版者 培育文化事業有限公司

信箱 yungjiuh@ms45.hinet.net

地址 新北市汐止區大同路3段194號9樓之1

電話 （02）8647-3663

傳真 （02）8674-3660

劃撥帳號 18669219

CVS代理 美璟文化有限公司

TEL／(02)27239968

FAX／(02)27239668

總經銷：永續圖書有限公司

永續圖書線上購物網

www.foreverbooks.com.tw

法律顧問 方圓法律事務所 涂成樞律師

出版日期 2014年10月

國家圖書館出版品預行編目資料

機器褓姆的飛行標記 / 夏嵐著.

-- 初版. -- 新北市 : 培育文化, 民103.10

面 ; 公分. -- (奇幻魔法 ; 12)

ISBN 978-986-5862-36-7(平裝)

859.6 103016342

※為保障您的權益，每一項資料請務必確實填寫，謝謝！

姓名		性別	□男　□女
生日	年　月　日	年齡	
住宅地址	郵遞區號□□□		
行動電話		E-mail	

學歷

□國小　□國中　□高中、高職　□專科、大學以上　□其他______

職業

□學生　□軍　□公　□教　□工　□商　□金融業
□資訊業　□服務業　□傳播業　□出版業　□自由業　□其他______

謝謝您購買 **機器褓姆的飛行標記** 與我們一起分享讀完本書後的心得。務必留下您的基本資料及電子信箱，使用我們準備的免郵回函寄回，我們每月將抽出一百名回函讀者，寄出精美禮物以及享有生日當月購書優惠！想知道更多更即時的消息，歡迎加入“永續圖書粉絲團”

您也可以使用以下傳真電話或是掃描圖檔寄回本公司電子信箱，謝謝！

傳真電話：（02）8647-3660　　電子信箱：yungjiuh@ms45.hinet.net

●請針對下列各項目為本書打分數，由高至低5～1分。

	5 4 3 2 1		5 4 3 2 1
1. 內容題材	□□□□□	2. 編排設計	□□□□□
3. 封面設計	□□□□□	4. 文字品質	□□□□□
5. 圖片品質	□□□□□	6. 裝訂印刷	□□□□□

●您購買此書的地點及店名______

●您為何會購買本書？

□被文案吸引　□喜歡封面設計　□親友推薦　□喜歡作者
□網站介紹　□其他______

●您認為什麼因素會影響您購買書籍的慾望？

□價格，並且合理定價是______　□內容文字有足夠吸引力
□作者的知名度　□是否為暢銷書籍　□封面設計、插、漫畫

●請寫下您對編輯部的期望及建議：

221-03

新北市汐止區大同路三段194號9樓之1

傳真電話：（02）8647-3660
E-mail：yungjiuh@ms45.hinet.net

廣　告　回　信
基隆郵局登記證
基隆廣字第200132號

培育
文化事業有限公司

讀者專用回函

機器褓姆的飛行標記

培養文化育智心靈的好選擇